दिल्ली-6

ललित सिंह पोखरिया

वाणी प्रकाशन

वाणी प्रकाशन

4695, 21-ए, दरियागंज, नयी दिल्ली 110 002

फ़ोन : +91 11 23273167 फ़ैक्स : +91 11 23275710

शाखाएँ

अशोक राजपथ, पटना 800 004, बिहार

कॉफ़ी हाउस कैम्पस, महात्मा गांधी मार्ग, इलाहाबाद 211 001, उत्तर प्रदेश

महात्मा गांधी अन्तरराष्ट्रीय हिन्दी विश्वविद्यालय, वर्धा 442 001, महाराष्ट्र

www.vaniprakashan.in
marketing@vaniprakashan.in
sales@vaniprakashan.in

DILLI-6
by Lalit Singh Pokhriya

ISBN : 978-81-8143-664-1
Play

प्रथम संस्करण 2008
आवृत्ति 2019

मूल्य : ₹ 295

एम.एस. प्रिंटर्स, दिल्ली-110 095 में मुद्रित

वाणी प्रकाशन का लोगो मक़बूल फ़िदा हुसेन की कूची से

दिल्ली 6 से गुजरते हुए

अभी अभी शेक्सपीयर की एक कॉमेडी टू जेंटिल मैन ऑफ बेरोना के भारतीय रूपांतर दिल्ली-6 को पढ़कर समाप्त किया है। रूपांतरण हिंदी रंगमंच के युवा नाटककार, निर्देशक ललित पोखरिया ने किया है। रूपांतरकार स्वयं एक संपूर्ण रंगकर्मी है अर्थात् नाटककार, अभिनेता, प्राध्यापक और निर्देशक सभी कुछ एक साथ इसलिए उनके रूपांतरण में एक स्पष्ट रंगमंचीय छाप नजर आती है। चाहे वह परिवेश का चुनाव हो, बोलचाल का लहजा हो और अभिनय का एक खास अंदाज हो जो इस तरह की कॉमेडी के लिए बहुत उपयुक्त है। यद्यपि शेक्सपीयर का यह नाटक हिन्दी के रंगजगत में उतना लोकप्रिय कभी नहीं रहा जितने कॉमेडी, ट्रेजडी मिलाकर उनके दूसरे नाटक। लेकिन हमारी हिन्दी फिल्मों की नजर से देखा जाए तो इस नाटक का कथानक फिल्मों की नजर से देखा जाए तो इस नाटक का कथानक बहुत ही जाना पहचाना लगता है। यानि एक प्रेमिका और दो प्रेमी याकि दो नायिकाएँ और दो प्रेमी और उनके बीच पैदा होने वाली गलतफहमियों के कारण उलझता जाता कथानक—इस कहानी को हम बहुत बार फिल्म के पर्दे पर घटित होते देख चुके हैं और वह हर बार नया और ताज़ा अनुभव प्राप्त होता है। ललित पोखरिया के रूपांतरण में भी यह खूबी भरपूर मात्रा में मौजूद है। भाषा में रवानगी और उसी अनुपात में अभिनय में एक खास किस्म का खुलापन जो बहुत कुछ पारसी रंगमंच की याद दिलाता है जितनी तेजी से घटनाएँ घटती हैं उसी लय ताल में अभिनय की समांतर यात्रा भी चलती रही है। यह तेजी पहले दो अंकों में तो खूब खुलकर अपना असर जमाती है लेकिन तीसरे अंक तक आते आते काफी शिथिल-सी पड़ने लगती है। ऐसा लगता है कि नाटक को जल्दी समेटने के चक्कर में रूपांतरकार ने कुछ घटनाओं को छोड़ दिया है। शायद इसीलिए ऐसा महसूस होता है या मात्र हमारा अनुमान हो सकता हैं लेकिन इतना निश्चित है कि जितनी कसावट पहले दो हिस्सों में दिखाई पड़ती है उतनी ही आखरी हिस्से में कम होती जाती है। कहने का अर्थ ये है कि नाटक अपने पहले हिस्से में जितना क्रियात्मक

और घटनात्मक है उतना ही आखिरी हिस्से में वर्णनात्मक होकर रह जाता है। यूँ भी नेता और दूरदर्शन के साक्षात्कार वाले दृश्यों में कोई विशेष नाटकीयता बची नहीं रह गई हैं क्योंकि ऐसे दृश्य लगभग हर नाटक अथवा फ़िल्म में बहतर बार दोहराए जा चुके हैं।

एक तरह से यह नाटक अथवा रूपांतर मौलियर के बहुत से नाटकों के भी याद दिलाता है। इसमें कोई संदेह नहीं कि मौलियर ने शेक्सपीयर के कॉमेडी नाटक को और इटली के कावेदिया दे' देल आर्ते से बहुत कुछ सीखा या और ललित ने अपने भारतीय रूपांतर में उस सहजता सरलता को बहुत दूर तक बनाए रखा है। इसमें कोई संदेह नहीं कि इस रूपांतर के बहाने से यह नाटक अलग-अलग नाट्य मंडलियों द्वारा बार-बार खेला जाएगा क्योंकि इसकी सबसे बड़ी सुविधा यह है कि इसे हम बिना किसी अतिरिक्त और भारी भरकम तामझाम के किसी भी उपलब्ध प्रेक्षागृह में खेल सकते हैं। हम अकसर इस बात की शिकायत करते रहते हैं कि हमारे यहाँ अच्छे हास्य नाटकों का नितांत अभाव है, यह नाटक इस शिकायत को काफी हद तक दूर करेगा। इसके लिए ललित पोखरिया और वाणी प्रकाशन को बहुत-बहुत बधाई।

–देवेन्द्र राज अंकुर

पात्र

ललित सिंह पोखरिया द्वारा लिखित हिंदी नाटक 'दिल्ली-6' का प्रथम मंचन श्रीराम सेंटर रंगमंडल द्वारा 21 दिसंबर 2006 को एस.आर.सी. मंडी हाउस में मुश्ताक काक के निर्देशन में हुआ।

नाटक में भाग ले रहे रंगमंडल कथाकार–
मंच पर

प्रीतम पाल : भूपेश जोशी
बालमदीन/मुख्यबाबा : श्रीकांत वर्मा
सरपट : अम्बरीश सक्सेना
जूली/चैनल रिपोर्टर : दीक्षा ठाकुर
आनन्दी लाल : प्रत्यूष गुप्ता
बिहारी लाल : नरेश डबराल
डी.पी.जी. : संजय सिंह
शालिनी : बबिता
लाली : राखी मंसा
मनोहरन/साधु/डाकू : सुधीर रिखाड़ी
थान सिंह : सोनू रोंझिया
साधु/डाकू/पटवारी : प्रेमनाथ झा
प्रिंट मीडिया रिपोर्टर : ज्योति रूपा
कैमरा मैन : आशीष शर्मा
कारस : मुक्ता चड्ढा, सुआंश, ध्रुव, अमित, पंकज

मंच परे–

स्टेज मैनेजर :	श्रीकांत वर्मा
सेट इन्चार्ज :	अंबरीश कु. सक्सेना
सहायक :	संजय सिंह/प्रत्यूष गुप्ता
कास्ट्यूम इंचार्ज :	श्रीकांत वर्मा
सहायक :	बबीता/प्रेम
प्रापर्टी इंचार्ज :	नरेश डबराल
सहायक :	सोनू रौडिया/ज्योति रूपा
मेकप इंचार्ज :	आशीष शर्मा
सहायक :	राखी कुमारी
लाइट इंचार्ज :	रविंद्र मिश्रा
सहायक :	नरेश/सती राम/त्रिभुवन
पब्लिसिटी/बोशर :	अपराजिता भवौट/भूपेश जोशी
लिरिक :	राकेश कौंडिल्य
म्यूजिक डायरेक्टर :	राजेश सिंह
सहायक :	सुधीर रिखाड़ी
सारंगी :	अनिल मिश्रा
हारमोनियम :	राजेश पाठक
आक्टोपैड :	सुरेंद्र
रिदम :	सुशील कुमार
गिटार :	कुमार विजय
लेखक :	ललित सिंह पोखरिया
सहायक निर्देशक :	भूपेश जोशी
परिकल्पना एवं निर्देशन :	मुश्ताक काक

प्रथम अंक

दृश्य एक

दिल्ली : लालकिले के सामने का मैदान, समय शाम के 7.00 बजे। पात्र : बालमदीन, प्रीतमपाल, सरपट
(बालमदीन और प्रीतमपाल थोड़ी ऊँचाई पर बैठे बात कर रहे हैं। प्रीतमपाल के मोबाइल पर मैसेज आता है।)

प्रीतमपाल : लो फिर कोई मैसेज आ गया!

बालमदीन : स्विच ऑफ कर दो दोस्त! इस मोबाइल का स्विच ऑफ कर दो। ये मोबाइल दोस्ती और मोहब्बत के बीच ऐसी मुसीबत बन गया है इस ज़माने में, जैसे भारत-पाकिस्तान के बीच एल.ओ.सी.!...देखो मैंने अपना मोबाइल स्विच ऑफ़ कर रखा है!

प्रीतमपाल : स्विच ऑफ़ ही रखना है तो मोबाइल रखते क्यों हो अपने पास?

बालमदीन : तुमने मुझे बुलाया है यहाँ कुछ ज़रूरी बात करने के लिए! मैं तुमसे बात करने आया हूँ—मोबाइल पर नहीं। मैं दोस्ती की इज्ज़त रखना जानता हूँ! इसीलिए मोबाइल स्विच ऑफ किया है।

प्रीतमपाल : सॉरी दोस्त! मैं हृदय की गहनतम गहराइयों से सॉरी कहता हूँ। बालम! तुम मेरा कितना ख़याल रखते हो! इसीलिए तो मैं तुम्हें, केवल तुम्हें अपने दिल का राज़ बता देना चाहता

हूँ। लेकिन बात शुरू करने में शरमाता हूँ! घबराता हूँ!

बालमदीन : प्रीतम! मैं जानता हूँ तुम मुझसे क्या कहना चाहते हो। लेकिन बचपन से लेकर अब तक सबसे गहरे और इकलौते दोस्त होने के नाते मैं तुमसे कुछ ज़रूरी बात कह ही देना चाहता हूँ। हालाँकि मैं पहले भी तुम्हें कई बार समझा चुका हूँ। लेकिन देख रहा हूँ, तुम्हारा पागलपन बढ़ता ही जा रहा है। तो एक सच्चा दोस्त होने के नाते अब मेरा फ़र्ज़ है कि तुम्हारी बीमारी को दूर करने के लिए मैं तुम्हें कुछ कड़वी बातों का घूँट पिला ही दूँ। मुझे यक़ीन है जिस तरह मलेरिया रोग में कभी कड़वी कुनैन काम करती थी वैसे ही तुम्हारे लवेरिया रोग में काम कर जाएँगी मेरी कड़वी-कड़वी बातें।

प्रीतमपाल : ऐसा मत कहो मेरे दोस्त बालमदीन! इस मोबाइल की ट्रिंग-ट्रिंग में मेरी मोहब्बत बसी है और मेरी मोहब्बत इक इबादत है, बीमारी नहीं!

बालमदीन : होश में आओ प्रीतमपाल होश में आओ! मैं जानता हूँ मोहब्बत को इबादत मानने वाला दौर पंद्रह अगस्त सन् 1947 के दिन ख़त्म हो गया। **अब नहीं है। उसके पहले जो मोहब्बत होती थी वो इबादत होती थी चाहे वो देश से हो, आज़ादी से हो या चाहे इंसान से हो। आज की मोहब्बत सिर्फ़ फ़्लर्ट है, फ़्लर्ट! फ़्लर्ट के सिवा और कुछ नहीं।**

प्रीतमपाल : **अगर हिस्ट्री तुम्हारा सबजेक्ट रहा है तो तुम अच्छी तरह जानते होगे कि फ़्लर्टिए तो लैला मजनूँ के ज़माने में भी एक्ज़िस्ट करते थे। मेरे दोस्त जैसे अच्छा-बुरा, सच-झूठ, दिन-रात कल भी थे, आज भी हैं और कल भी रहेंगे वैसे ही मोहब्बत और फ़्लर्ट कल भी थे, आज भी हैं और कल भी रहेंगे!** लाओ, मेरे दिल पर अपना हाथ रखो!...अगर तुम मेरे सच्चे दोस्त हो तो तुम्हें पता चल गया होगा कि ये तीर से छिदा हुआ लाल पान नहीं, मोहब्बत की जलती हुई कैण्डिल है जिसकी तपिश तुम्हारे हाथ तक पहुँच रही है।

बालमदीन : हाँ-हाँ! मैं महसूस कर सकता हूँ ये तपिश! इसीलिए मैं अपना

हाथ हटाए दे रहा हूँ। लेकिन तुमको बात बताए दे रहा हूँ। लेकिन तुमको एक बात बताये दे रहा हूँ इस जलती हुई कैण्डिल में तुम्हारे और तुम्हारे घर वालों के अरमान पतंगों की तरह जलते हुए भस्म हो जाएँगे!

प्रीतमपाल : मेरा कोई अरमान नहीं, मेरा अरमान है सिर्फ़–जूली! जूली बत्रा!! मेरी लैला, मेरी हीर, मेरी सोहिनी, मेरी ऐश, मेरी रानी, मेरी मल्लिका! मेरी किलयोपाट्रा!

बालमदीन : एक्सेक्ट्रा! एक्सेक्ट्रा!! एक्सेक्ट्रा!!

प्रीतमपाल : हाँ! जहाँ तक मेरे घरवालों का सवाल है तो उन्हें क्या ज़रूरत है मुझसे कुछ अरमान रखने की! बहादुरशाह जफ़र के समय से खारी-बाबली में मसाले की आढ़त है। पूरी दिल्ली-6 में इतना पुराना कोई व्यापारी नहीं! बड़े-बड़े सेठों में गिनती होती है मेरे पिता सेठ आनन्दी लाल की। इतना पैसा है कि आने वाली दस पुश्तें इत्मीनान से हल्दी-धनिया करती रहेंगी!

बालमदीन : भई! व्यापारी तो हम भी बहुत पुराने हैं, बहादुरशाह के ज़माने से न सही! थोड़ा बाद से सही। एक नहीं तीन-तीन दुकानें! नई सड़क, चावड़ी बाजार, चाँदनी चौक! चाँदनी चौक में इतना बड़ा शो रूम! पूरी दिल्ली में न होगा। ये तुम अच्छी तरह जानते हो। लेकिन मेरे दोस्त क्या बनिए की आने वाली सौ पुश्तें बनिया ही रहेंगी! क्या तुम्हारी औलादें भी हल्दी-मिर्चा ही तुलवाएँगी! खारी बावली से बाहर न निकलेंगी! थोड़ा कैरियर की तरफ ध्यान दो मेरे दोस्त! इनफॉरमेशन टेक्नोलॉजी और आर्थिक सुधारों का ज़माना है। कब कौन सा बिज़नेस बैठ जाय पता नहीं। अब ऐसे में तुम्हारा यह काम...अगर पुराना धंधा भी करना है तो नए ज़माने नयी नॉलेज के हिसाब से करना होगा। प्यार-मोहब्बत जैसा फालूत काम तो दिवाला निकाल देगा।

प्रीतमपाल : **ये सब करके होगा क्या। पैसा आएगा ना!...पैसे की मुझे कोई ज़रूरत नहीं। फिर क्यों मैं अपना चैन हराम करूँ!...** देख उधर सड़क की ओर! दरियागंज से लेकर कौड़ियापुल

तक बसें ही बसें! कारें ही कारें! आटो! बाइक! स्कूटर! दौड़ते चले जा रहे हैं...दौड़ते चले जा रहे हैं! कहाँ? क्यों? हा-हा-हा! बेहतर ज़िन्दगी की तलाश में! ऐशो-आराम की तलाश में! बाज़ार की लाइटें देखो! लग रहा है इंसान ने सितारों भरा एक आसमान धरती पर बिछा दिया है! भागते ट्रैफ़िक की लाइटों को देखकर ऐसा लग रहा है जैसे ज़िन्दगी के ख़ौफ़ से सितारों में भगदड़ मची है। तरस आता है इस बेहतर और ऐशो-आराम वाली ज़िन्दगी पर!...मैंने तो तुम्हें ये राज़ बताने के लिए यहाँ बुलाया था कि मैं जूली से सिर्फ़ मोहब्बत ही नहीं करता उससे शादी भी करना चाहता हूँ। ओह जूली! ...लेकिन उससे आजतक एक शब्द भी बात नहीं हो पायी है। वो तो मेरी तरफ़ देखती भी नहीं! मैं तो चाहता था तुम किसी तरह मेरी बात आगे बढ़ाने में मदद कर दोगे।

बालमदीन : करता! अगर मैं तुम्हारा सच्चा दोस्त न होता। दोस्त बाहर निकलो इस मोहब्बत के जाल से। इसमें सिर्फ़ दर्द ही दर्द है और कुछ नहीं। वो तुम्हारी तरफ़ देखती तक नहीं, और तुम उसके प्यार में इतनी ऊँची उड़ान भर चुके हो कि ज़मीन पर आना मुश्किल हो रहा है। तुम्हारे प्यार का जहाज़ आसमान में भटक रहा है। लैंड करने के लिए एयरपोर्ट पर जगह ही नहीं है...जिस दिन पेट्रोल ख़त्म होगा उस दिन जब नीचे गिरोगे तो वो खिलखिला कर हँसेगी। तब तुम्हारे लिए एक ही काम बचेगा—सूसाइड! अगर ज़्यादा बेवकूफ़ और बेशरम निकल गए तो उसके घर के बाहर अंधे भिखारी के वेश में काला चश्मा लगाए बैठे रहोगे। मेरे दोस्त जैसे कीड़ा कलियों को खिलने से पहले ही नष्ट कर देता है वैसे ही मोहब्बत जवानी से पहले ही बुद्धि-विवेक को खा जाती है।

प्रीतमपाल : नहीं! तब प्रेमी आम आदमी से ऊपर सोचने लगता है।

बालमदीन : पागल अगर जान ले कि वो पागल है तो ठीक न हो जाय! तुम पर मेरी बातों का कोई असर नहीं होगा। तुम्हारी मेरी राह अलग है, मंज़िल अलग है। दुख है कि अब तुम्हारा मेरा

ऐसे साथ बैठ पाना भी मुश्किल हो जाएगा!

प्रीतमपाल : क्यों? करोलबाग़ वाला शोरूम खुल गया क्या?

बालमदीन : मैंने दुकान में बैठने के लिए एम.बी.ए. नहीं किया है!

प्रीतमपाल : तो कहीं बाहर जा रहे हो?

बालमदीन : हाँ! मैं चाहता था तुम भी इन बावलियों और कुओं से बाहर निकलो। नहीं तो तुम्हारी किलयोपाट्रा किसी एन.आर.आई. के साथ भाग जाएगी!

प्रीतमपाल : नहीं ऐसा नहीं हो सकता!

बालमदीन : ऐसा ही होगा! लड़कियाँ आज मॉडर्न को ही पसंद करती हैं और हमारे घरानों पर दक़ियानूस का ठप्पा लगा है। अकूत धन-दौलत है, आधुनिक ढंग का रहन-सहन है फिर भी लोग हमें बनिया ही कहते हैं। हमारे वजूद से गँवारपन की बू आती है। देखो हमारे नाम भी कितने घिसे पिटे और गँवार क़िस्म के हैं बालमदीन! प्रीतमपाल!...मैं अपने और घराने पर से ये ठप्पा हटाकर रहूँगा!

प्रीतमपाल : कहीं जाने की ज़रूरत नहीं! यहीं रहो। किसी से मोहब्बत शुरू कर दो! ये ठप्पा अपने आप हट जाएगा। क्योंकि मोहब्बत में नाम और घराने कहीं आड़े नहीं आते।...वैसे तुम बाहर कहाँ जा रहे हो?

बालमदीन : हमारे इलाके के सांसद डी.पी.जी ने पापा से बहुत पहले ही कहा था तुम्हारा लड़का एम.बी.ए. कर लेगा तो मुझे बताना। वे अपनी कन्स्टिच्युएन्सी में बहुत प्लान्ड तरीक़े से डेवलेपमेंट कराके राजनीति में एक मिसाल कायम करना चाहते हैं। इसलिए वे वहाँ एक निज़ी डेवलेपमेंट टास्क फोर्स बनाना चाहते हैं। वे ख़ुद ज़्यादातर समय उस टास्क फोर्स के साथ ही बिताएँगे। दिल्ली तभी आएँगे जब हाउस चलेगा। मैं उस टास्क फोर्स का वर्कप्लानर और सुपरवाइज़र बनाया जा रहा हूँ।

प्रीतमपाल : लो उल्टे बाँस बरेली को! दिल्ली छोड़कर तुम जाओगे मेरठ! वो भी देहाती इलाक़े में! कहाँ तो मुझे उपदेश दे रहे थे आई.

टी. का ज़माना है। ज़माने को दिखाना है। मोहब्बत तो एक फ़साना है! अपने ख़ानदान से दक़ियानूस का ठप्पा हटाना है। गँवारपन का धब्बा मिटाना है। और ख़ुद जा रहे हो एक माफ़िया टर्न्ड पॉलिटिशियन का नौकर बनकर! लोग एम.बी.ए. करके स्टेट्स का सपना देखते हैं, वहाँ की जॉब कर डॉलर में खेलते हैं। दोस्त तुम्हारी समझदारी पर तो हम बस हाथ मलते हैं।

बालमदीन : मेरे दोस्त! मेरे भी कुछ उसूल हैं। मैं उनमें से नहीं हूँ जो पढ़ाई के लिए देश का पैसा बर्बाद करते हैं, नौकरी विदेशियों की करते हैं। टैक्स देकर उन्हीं का घर भरते हैं। मैंने जो पढ़ाई की है वो ज़रूर अपना कैरियर बनाने के लिए की है। लेकिन ये कैरियर अपने देश की, अपने इलाक़े की ग़रीब जनता की सेवा करके ही बनाना है।...ये क्यों नहीं समझते कि वो हमारा भी इलाक़ा है। तुम्हारे हमारे पूर्वज वहीं से दिल्ली आए थे। जहाँ तक समाज में इज़्ज़त, रेपुटेशन और फ़ेम की बात है तो मेरे दोस्त आज के ज़माने में सबसे ऊपर है पॉलिटिक्स! बड़े-बड़े उद्योगपति, बिजनेसमैन, आई.ए.एस. और फ़िल्म स्टार्स, पॉलीटिशियन के आगे पानी भरते हैं! मैं वहाँ रहकर ग्रासरूट लेबल पर पॉलिटिक्स को समझूँगा। गाँव-देहात की ज़रूरत को समझूँगा। वहाँ के लोगों की नब्ज़ को पकड़ूँगा। सरकारी तंत्र और विकास के बीच के रिश्ते को समझूँगा। मेरे कैरियर की ये एडवांस ट्रेनिंग होगी। जो कल मुझे उस मंज़िल पर पहुँचा देगी जहाँ पर आज डी.पी.जी हैं। और मेरे दोस्त! उनकी दौलत देखकर उन्हें माफ़िया समझने की भूल न करो! तुम्हारे पिताजी ने शायद तुम्हें बताया हो वो हमारे पूरे मेरठ जिले के सबसे बड़े ज़मींदार घराने से हैं। उनके पास जो कुछ है वो पुश्तैनी है। पॉलिट्क्सि में जो कमाया है वो सब अपने क्षेत्र में लगाया है।

प्रीतमपाल : जाओ दोस्त जाओ! एम.बी.ए. करके लोग यू.के. जाते हैं! सऊदिया जाते हैं! यू.एस.ए. जाते हैं! तुम मेरठ के देहात

जाओ! उस देहात की पगडंडी से होते हुए पार्लियामेंट में पी.एम.की कुर्सी तक पहुँच जाओ। ये मेरी दुआ है।

बालमदीन : मैं तो तुमसे कहता हूँ तुम भी आओ! एक सच्चा दोस्त होने के नाते तुम्हारे भविष्य को लेकर मुझे बहुत चिंतित होना पड़ता है।

प्रीतमपाल : चिंतित होना पड़ता है? ऐसा क्यों?

बालमदीन : तुम्हारे पिताजी, तुमको लेकर बहुत परेशान रहते हैं। हैरान रहते हैं। मेरे पिताजी के कान खाते रहते हैं। भाई मामचंद! बालम से कहो, प्रीतम को भी अपने जैसा बनाए। उसको समझाए। मैं उसे आदमी बनाना चाहता हूँ बनिया नहीं। और मेरे पिताजी! रोज़ मेरे कान खाते रहते हैं—अपने दोस्त को समझाओ!

प्रीतमपाल : अब तो तुम जा ही रहो हो! कोई किसी के कान नहीं खाएगा! लेकिन वहाँ जाकर मुझे भूल न जाना! सुख-दुख में याद ज़रूर कर लेना!

बालमदीन : चलो! काफी देर हो गई। यहाँ से तो चलो!

प्रीतमपाल : मैं अभी रुकूँगा! उसको लेटर भेजा है। शायद वो आ जाय! लालक़िले में लाइट एंड साउण्ड प्रोग्राम देखने के लिए बुलाया है।

बालमदीन : अरे बेवकूफ़ मोहब्बत करनी है तो फ़िल्में दिखाया कर लाइट एंड साउण्ड नहीं!

प्रीतमपाल : पिक्चर हॉल में डर रहता है कि कहीं कोई जानने वाला न देख ले! लाइट एंड साउण्ड देखने कौन आता है। इसीलिए ये प्रेमी-प्रेमिकाओं का स्वर्ग हो जाता है।

बालमदीन : तुम्हें तुम्हारा स्वर्ग मुबारक मैं चला!

प्रीतमपाल : कितना अच्छा होता तुम रुक जाते। अगर वो आ गई मैं कुछ बोल न पाऊँगा! तुम्हीं मेरी बात आगे बढ़ा देते!

बालमदीन : ये सब मेरे बस का नहीं। अगर मोहब्बत की है तो तुम्हें खुद सर पर कफ़न बाँधना पड़ेगा!

प्रीतमपाल : ठीक है! अभी आठ नहीं बजा है। तुम्हारी दुकान अभी खुली

होगी। अच्छा होता तुम दो मीटर सफ़ेद कपड़ा पहुँचा जाते!

बालमदीन : कल जाकर ख़ुद ही ले लेना! **(चल देता है)**

प्रीतमपाल : **(स्वगत)** मेरे दोस्त! हमने तो पैदा होते ही सिर पर कफ़न बाँध लिया था। तभी मोहब्बत की राह पर क़दम रखा था। **(तभी बालमदीन का नौकर सरपट कान से मोबाइल लगाए हुए आता है।)**

सरपट : **(स्वगत)** स्विच ऑफ! स्विच ऑफ! स्विच ऑफ! जब स्विच ऑफ ही रखना था तो मोबाइल क्यों खरीदा था!...

प्रीतमपाल : अरे सरपट! यहाँ आओ! मैं यहाँ हूँ!

सरपट : आप जहाँ भी हों! ये बताइए छोटे मालिक कहाँ हैं?

प्रीतमपाल : अभी-अभी निकल गया।

सरपट : अजीब बात है! मुझे बुलाया था कि उनके पास कुछ लेटर्स हैं मैं आकर ले जाऊँ और कूरियर कर दूँ! और खुद नदारद!

प्रीतमपाल : अब वो खुद कर लेगा! तुम ये बताओ मेरे लेटर का क्या हुआ? जूली तो अभी तक नहीं आई!

सरपट : आपने लेटर भेजा था, गाड़ी नहीं!

प्रीतमपाल : अरे उस लेटर में यहाँ आने के लिए लिखा था!

सरपट : वाह! आपने लिख दिया वो आ गई! आएगी तो जब उसको लेटर मिला होगा। मिला होगा तो उसने पढ़ा होगा। पढ़ा होगा तो उसे अच्छा लगा होगा। अच्छा लगा होगा तो उसे घर से निकलने का बहाना मिला होगा!

प्रीतमपाल : ये सब तो तब हुआ होगा जब तुमने उसे लेटर दिया होगा!

सरपट : मैं गया तो था सरपट-सरपट! गेट के अंदर घुसा देखा वो लॉन में टहल रही थी। एक मोबाइल से बात कर रही थी, दूसरे पर नंबर मिला रही थी। मैं सरपट उसके पास पहुँचा! आपका लेटर उसकी ओर बढ़ाया! उसने घूरा! मोबाइल कान से हटाया! गरजकर बोली! दिखाई नहीं पड़ता! लेकिन मैं डरा नहीं! मैंने कहा! ये लेटर! प्रीतम जी का! वो दहाड़ी—प्रीतम का लेटर है तो उसको जाकर दो! यहाँ क्यों लाए हो! मैं वापस भागा सरपट-सरपट! गेट से बाहर निकला तो उसकी

नौकरानी लाली से टकराया! उसको लेटर पकड़ाकर भाग आया सरपट-सरपट!

प्रीतमपाल : सरपट! सरपट! ये तुमने क्या कर दिया जूली का लेटर नौकरानी को पकड़ दिया!

सरपट : माफ़ कीजिएगा! लेटरबाज़ी के मामले में मैं आपसे कहीं ज़्यादा एक्सपीरिएंस्ड हूँ! मैंने तो अपनी प्रेमिका के लेटर ख़ुद जाकर उसके बाप के हाथ में पकड़ाए हैं। मजाल कि कभी कोई पोल खुली हो!...मैंने तुरंत जेब से काग़ज़ और पेन निकाला और कहा—ये जूली बत्रा जी का कॉल लेटर आया है बैंगलौर से!....ज़रा यहाँ दस्तख़त कर दीजिए! उसने दस्तख़त किए। मैंने कहा! वाह! क्या सुंदर राइटिंग है तुम्हारी! वो लहरा के मुस्काई! मैंने सरपट दौड़ लगायी!

प्रीतमपाल : चलो जान में जान आई!

सरपट : लेकिन मेरी समझ में ये नहीं आई...

प्रीतमपाल : क्या नहीं आई?

सरपट : बीसियों मोबाइल फोन कंपनियाँ दुनिया भर के आशिक़ माशूकाओं की ख़िदमत के लिए बाज़ार में हर दिन पचासों मॉडल उतार रही हैं और आप अभी तक कबूतरी डाक व्यवस्था के भरोसे चल रहे हैं!

प्रीतमपाल : जानते हो! फोन टेपिंग के कितने केस हो रहे हैं! ना। मैं अपनी प्रियतमा को कभी एसएमएस नहीं करूँगा! ना फोन पर कोई बात करूँगा! मैं अपनी पाक मोहब्बत को दुनिया की बुरी नज़र से बचाकर रखूँगा!

सरपट : और मैं अब दूसरी चिट्ठी न पहुँचाऊँगा! आप किसी और को ढूँढ लीजिए! (**सरपट भाग जाता है।**)

प्रीतमपाल : सरपट! रुको! सरपट सुनो तो सही! हा-हा-हा-हा!

दृश्य दो

दिल्ली-6 जूली बत्रा के फ्लैट की बालकनी। दिन का तीसरा पहर।

पात्र–जूली बत्रा, लाली।

(जूली अपनी बालकनी में बेचैनी से टहल रही है। बैक ग्राउण्ड में म्यूजिक)

जूली : लाली! इसे ब्रंद कर दो और यहाँ आओ! **(म्यूज़िक बंद)** **(लाली का प्रवेश)**

लाली : क्या बात है? बहुत बेचैन हैं! क्या तबीयत ख़राब है?

जूली : मुझे नहीं मालूम है लाली मुझे क्या हुआ है! कान में लगता है कहीं से मीठी-मीठी आवाज़ आ रही है और बाहर बज रहे गाने उसे डिस्टर्ब करते हैं। सड़क पर कार ड्राइव करते हुए चलती हूँ तो पता नहीं क्या हो जाता है! जो कुछ दिखाई पड़ता है वो मुझे नहीं दिखाई पड़ता! जो कुछ सुनाई पड़ता है वो मुझ सुनाई नहीं पड़ता। किनती बार एक्सीडैंट होते-होते बचा है। कई बार बीच चौराहे पर कार रोक दी, या बिना सिग्नल के आगे निकल गयी। पता नहीं कितनी बार चालान भरना पड़ा! ट्रैफ़िक सिग्नल की लाइटस मुझे देखकर मुस्कुराती है। मैं नज़रें चुराकर आगे बढ़ जाती हूँ।

कभी दिल के बाग़ीचे में हज़ारों फूल दिखाई पड़ते हैं। तरह-तरह के फूल। एक मीठा ख़ुमार, मीठा-मीठा डर मुझे अपने आगोश में ले लेता है। समझ में नहीं आता कौन सा फूल चुनकर अपने सीने से लगा लूँ!

लाली : फूल तो फूल हैं! सबको अपनी बाहों में भर लीजिए!

जूली : यह क्या कह रही है लाली! ऐसी ग़लत बात मुझसे कभी न कहना। मैं ऐशो-आराम शानो-शौकत से ज़रूर रहती हूँ लेकिन प्यार के मामले में माडर्न नहीं हूँ। प्यार मेरे लिए एक बहुत पवित्र, बहुत सुंदर...जज़्बा है। दुनिया भले ही एडवांस होते-होते जानवर की तरह हो जाए लेकिन मेरी

मोहब्बत रहेगी, पर्वत शिखर पर चमकती सफ़ेद बर्फ़ सी शीतल और बेदाग़! जहाँ मेरे और प्रियतम के अलावा कोई तीसरा न होगा! अगर कोई तीसरा होगा तो वो भगवान होगा!

लाली : माफ करना मैडम! मैं ऐसा थोड़ी समझ पायी थी!

जूली : पर तुझे तो इसी तरह के मज़ाक करके रस मिलता है ना! आजकल की फ़िल्म और सीरियल देखकर तू भी बहुत एडवांस ख़यालातों की हो गई है। मेरे कहने का ये मतलब था कि मुझे चाहने वाले तो बहुत हो गए हैं। तुम मुझे बताओ कि मेरा पहला प्रेमी कौन हो सकता है।

लाली : ठीक है आप मुझे उन लड़कों के नाम बताती जाइए। मैं उनके बारे में राय देती जाऊँगी!

जूली : ठीक। पहला है—बलबिंदर

लाली : हुँह! मोटा-मुस्टंडा!

जूली : दूसरा है—जॉण्टी आहूजा

लाली : माफिया गुंडा!

जूली : अच्छा! तीसरा है—जगधर चौधरी

लाली : अनपढ़ जाट!

जूली : और चौथा है चरन उर्फ चंकी चेन

लाली : ओह! अधनंगा मॉडल!

जूली : और...पाँचवाँ है प्रीतमपाल

लाली : हाँ! वही है हमारी सोहनी का माहीवाल!

जूली : लेकिन मुझे उसका प्यार समझ नहीं आता। वो कभी फ़ोन पर बात नहीं करता! एसएमएस नहीं करता। मैं नहीं चाहती कि वो मेरे साथ डेटिंग सेट करे मुझे ऐसा खुलापन पसंद नहीं। ना ही मैं उसके साथ किसी रेस्ट्राँ में काफी पीना पसंद करूँगी ना चिड़ियाघर घूमते हुए पॉपकार्न खाना। लेकिन प्यार है तो उसका इंडिकेशन तो किसी न किसी तरह मिलना चाहिए ना!

लाली : छोटी मैडम! सच्चे प्रेमी की यही निशानी है। वो अपनी तड़प,

अपनी कसक अपने ही मन में दबाए रहता है। सामने पड़ने पर लगेगा कि जैसे वो आपको जानना भी नहीं चाहता और अलग रहते हुए हर पल आपके ही ख़यालों में डूबा रहता है। एक से एक ख़ूबसूरत लड़कियाँ, ख़ूबसूरत मॉडल उसके अपने कमरे में उसके सामने डांस करती रहती हैं लेकिन वो आँखें बंद किए आपकी ख़याली तस्वीर के हुस्न में डूबा रहता है।

जूली : ये तू क्या कह रही है? वो अपने कमरे में ख़ूबसूरत मॉडलों को बुलाकर डांस करवाता है! तू उसे मेरा सच्चा प्रेमी बता रही है!

लाली : छोटी मैडम! वो ऐसा नहीं करता! वो तो सिर्फ़ टी.वी. देख रहा होता है। पचासों चैनल हैं। किसी-न-किसी चैनल में फ़ैशन शो या डांस तो चलता ही रहता है।

जूली : धत्!...तुझे तो बस ख़तरनाक मज़ाक ही पसंद आता है। लेकिन ये बता! तू उसके बारे में ये सब कैसे जानती है?

लाली : छोटी मैडम! मैंने प्रेम में खायी है ऐसी-ऐसी ठोकर कि मजमून भाँप लेती हूँ लिफाफा देखकर!

जूली : क्या मतलब?

लाली : **(उसकी तरफ वो लेटर बढ़ा देती है जो उसे सरपट देकर गया था)**

जूली : ये क्या है?

लाली : लेटर! लव...प्रीतमपाल का प्रेम-पत्र...आपके नाम!

जूली : क्या उसने मुझे प्रेम-पत्र लिखा है? मैंने तो उसे अपनी तरफ़ से ऐसा कुछ भी हिंट नहीं दिया और उसने मुझे प्रेमपत्र लिख दिया। लाली ऐसा उतावलापन सच्चे प्रेम के लिए ख़तरा है। इसीलिए उसके लिए प्रेम पैदा करने में मुझे अब डर लगता है।...लेकिन ये बताओ तुम्हारे पास यह पत्र कैसे आया?

लाली : प्रीतम ने इसे बालम के नौकर सरपट के हाथ भेजा था!

जूली : सरपट के हाथ!...और ये तुमने ले लिया!...मुझे याद आ रहा

है। सरपट कोई लेटर लेकर आया था, मैंने उसे डाँटकर भगा दिया था। यह वही लेटर है! ये तुमने ले लिया?

लाली : लेकिन मैंने इसे पढ़ा नहीं है।

जूली : नहीं पढ़ा तो प्रेम के ऊपर तुमने इतना बड़ा लेक्चर कैसे दे दिया! तुम्हारे सामने सब ओपन हो गया! मेरे कोमल, मासूम, इनोसेंट, टीनएज प्रेम पर तुम्हारी बासी, कड़वी और ईर्ष्याभरी नज़र पड़ गई। तुम ज़रूर मेरी जासूसी कर मुझे ब्लैकमेल करना चाहती हो। तुम क्या सोचती हो तुम मम्मी-पापा से मेरी शिकायत का डर दिखाकर या बदनामी का डर दिखाकर मुझे ब्लैकमेल करोगी! मैं गंदा लव नहीं करती हूँ। बात आगे बढ़ने से पहले मैं ख़ुद मम्मी-पापा को बता दूँगी। मेरे मम्मी-पापा का मुझ पर पूरा विश्वास है। नहीं तो मुझे दो महीने के लिए इतने बड़े मकान में तुम्हारे भरोसे छोड़कर फोरन टूर पर न निकल जाते!

लाली : छोटी मैडम! आप मुझे ग़लत समझ रही हैं! मैं...

जूली : मैं कुछ नहीं सुनना चाहती। चली जाओ यहाँ से!

लाली : अच्छा ये लेटर तो रख लीजिए!

जूली : ले जाओ इसे और जाकर M.C.D. के कूड़ाघर में डाल दो! ...भगवान के लिए मुझे अकेला छोड़ दो।

(ये कहकर जूली मुड़कर दूसरी ओर देखने लगती है। लाली बाहर की ओर बढ़ती है। लेटर धीरे से फर्श पर छोड़ देती है। जूली देख नहीं पाती, लाली बाहर चली जाती है।)

जूली : **(कुछ पलों बाद स्वगत)** ये मैंने क्या किया!...मैंने पत्र पढ़ लेना चाहिए था!...लाली! तुमने मुझ पर पत्र पढ़ने के लिए जोर क्यों नहीं डाला! तुम भले ही मुझसे दस साल बड़ी हो लेकिन हो तो...मेरी तरह लड़की ही! तुमने भी प्यार किया है। भरपूर प्यार किया है। तुम्हारी ख़ूबी ये है कि तुमने प्यार में चोट खायी है। धोखा पाया है। तुम अच्छी तरह जानती हो कि नए-नए फूटते प्यार में लड़की के दिल की क्या हालत होती है। उसके मन की 'हाँ' जुबान और चेहरे पर ना बनकर

आती है। तुमने मुझे लेटर पढ़ने के लिए प्रेस क्यों नहीं किया! लाली!...लाली! कहाँ हो!...जल्दी इधर आओ!

(लाली आती है। जल्दी से वो गिराया हुआ लेटर उठाती है।)

जूली : ये क्या है? तुम्हारा कोई काग़ज़ है?

लाली : जी नहीं!

जूली : तो रहने दो उसे वहीं!

लाली : ऐसे काग़ज़ की जगह, ज़मीन पर नहीं आसमान पर होती है।

जूली : लगता है तुम्हारे किसी नए प्रेमी ने भेजा है ये शायराना लेटर!

लाली : हाँ! ताकि मैं इसे गा सकूँ! और अपना पुराना दर्द भुला सकूँ!

जूली : अच्छा! सुनाओ ज़रा अपना ये लेटर गा के!

(लाली हँसने लगती है। तभी जूली उस पर झपटकर उसे लेटर को टुकड़े-टुकड़े कर डालती है) (वो बहुत उन्मादित हो उठती है)

जूली : चली जाओ यहाँ से लाली! चली जाओ!

(लाली टुकड़े बटोरने का उपक्रम करती है)

जूली : पड़ा रहने दो इनको! मेरा दिल और न जलाओ!

(लाली अवाक् सी चली जाती है)

(उसके जाने के बाद जूली भावावेश में फर्श पर बैठती है। टुकड़ों को टटोलती है। एक टुकड़ा उठाती है। उसे पढ़ती है।)

जूली : मेरे दिल की मल्लिका! मेरे ख़ाबों का सहारा! जूली बतरा! ...तुम्हारे प्रेम में घायल...तुम्हारा प्रीतमपाल!

(टुकड़े को दिल से भींच लेती है)

ओह! प्रीतम!

(दृश्य समाप्त)

दृश्य तीन

दिल्ली-6 का एक सुंदर लेकिन निर्जन पार्क।

समय : सुबह 5-6 बजे के बीच।

लाला आनंदीलाल, उनका नौकर पटवारी, छोटे भाई बिहारीलाल, लड़का प्रीतमपाल,

(आनंदीलाल और पटवारी पार्क में प्रवेश करते हैं)

आनंदीलाल : यहाँ तो कोई नहीं दिखाई दे रहा!

पटवारी : मालिक, शायद इस पार्क में कोई टहलने नहीं आता। इसीलिए उन्होंने आपको यहाँ बुलाया है कि एकांत में आराम से बात हो जाएगी।

आनंदीलाल : मैंने तुम्हें उसे घर पर बुलाने के लिए भेजा था। मेरी बात मानने के बजाय उसने उल्टा मुझे यहाँ बुला लिया! अरे मैं बड़ा कि वो बड़ा? ठीक है बिजनेस अलग हो गया, परिवार अलग हो गया पर रहूँगा तो मैं उसका सगा बड़ा भाई ही ना!

पटवारी : बिल्कुल बड़े मालिक! इसीलिए तो वो छोटे मालिक को लेकर इतना परेशान हैं। नहीं तो अपने भतीजे के लिए कौन इतना परेशान रहता है। आजकल तो लोग भाई की औलादों को बर्बादी का रास्ता दिखाते हैं! ये देखिए, आ गए बिहारीलाल जी!

(बिहारीलाल पास आकर पैर छूता है।)

बिहारीलाल : भैया माफ़ करना आपको यहाँ बुलाया! दरअसल घर पर या दुकान पर आकर बात करना ठीक न होता। प्रीतम भी आ सकता था। और लोग भी सुन सकते थे! यहाँ इक्का-दुक्का लोग ही आते हैं। आज आप इसी पार्क में कर लीजिए टहलना-सहलना।

आनंदीलाल : ठीक है! हाँ। पटवारी तू जा। घर पर बता देना थोड़ी देर हो जाएगी।

पटवारी : जी बड़े मालिक! **(चला जाता है।)**

आनंदीलाल : बोलो बिहारी!

बिहारीलाल : आइए टहलतें-टहलते बात करते हैं।
(टहलने लगते हैं। टहलना हल्की जॉगिंग का रूप ने लेता है।)

बिहारीलाल : भैया! प्रीतम का इस तरह निठल्ला घूमना बर्दाश्त नहीं होता। हमारे घराने का ये सबसे बड़ा लड़का है। जात-बिरादरी में हँसी हो रही है। अब ज़माना बदल गया है। बनियों के लड़के बहुत पढ़ने लगे हैं।

आनंदीलाल : हाँ! मुरारीलाल मित्तल का लड़का आई.ए.एस. में निकल गया!

बिहारीलाल : जमनादास ज़िंदल का लड़का पी.सी.एस. में निकल गया!
(हर संवाद पर जॉगिंग तेज़ होती जाती है।)

आनंदीलाल : सालिगराम गोयल का लड़का एम.बी.बी.एस. में निकल गया!

बिहारीलाल : घनश्याम बंसल का लड़का आई.आई.टी. में निकल गया।

आनंदीलाल : साहबचंद गर्ग का लड़का कर्नल हो गया!

बिहारीलाल : मानिकचंद गुप्ता का लड़का डी.एम. हो गया!

आनंदीलाल : कैलाशचंद अग्रवाल की लड़की अमरीका में डॉक्टर हो गई!

बिहारीलाल : बासुदेव ज़िंदल की लड़की जापान में इंजीनियर हो गई!

आनंदीलाल : हमसे छोटे, हमसे हल्के बनियों की औलादें दुनिया की सैर कर रही हैं।

बिहारीलाल : और हमारे लड़के-भतीजे खारी बाबली में ही तैर रहे हैं!
(थककर निढाल होकर रुक जाते हैं फिर स्ट्रैचिंग एक्स. करते हैं)।

आनंदीलाल : जिस बिरादरी में हम सबसे ऊँचे थे उसी में हमारी नाक नीचे होने वाली है। मैंने इस नालायक़ को कितना समझाया कि हमको हल्दी मिर्चा भी बेचते रहना है तो हमको हाईटेक होना पड़ेगा। बिजनेस के नए तौर-तरीक़ों को अपनाना पड़ेगा!

बिहारीलाल : हाँ! हल्दीराम को देखो कहाँ से कहाँ पहुँच गया!

आनंदीलाल : फिर तू और मैं भी तो धनियाराम-मिर्चाराम के नाम से मशहूर हो जाते!

बिहारीलाल : और क्या! पूरी दिल्ली-6 में हमारी टक्कर कौन ले सकता था।

आनंदीलाल : तू केवल दिल्ली-6 में अटका पड़ा है मैं पूरे हिंदुस्तान की बात कर रहा हूँ। और औलादों का दिमाग़ दुरुस्त रहता तो हम एक्सपोर्टर भी बन जाते। इसीलिए कहता था बेटा पढ़! ऊँची पढ़ाई कर! एकाउंट की पढ़ाई कर! कम्प्यूटर की पढ़ाई कर! एम.बी.ए. की पढ़ाई कर! लेकिन बी.ए. करके बैठा हुआ है।

बिहारीलाल : आप उसको फिर से समझाओ। मैं भी समझाऊँगा बी.ए. करके क्या फायदा!

आनंदीलाल : अब वो नहीं समझेगा! मालूम वो क्या कहता है?

बिहारीलाल : क्या कहता है?

आनंदीलाल : कहता है मुझे एन.एस.डी. करना है।

(कुछ न कुछ एक्सरसाइज करते रहते हैं)

बिहारीलाल : एन.एस.डी.! ये क्या होता है?

आनंदीलाल : ये मंडीहाउस में ना! उधर ही होता है!

बिहारीलाल : मंडीहाउस नहीं होगा, आज़ादपुर मंडी या मलकागंज सब्ज़ी मंडी होगा। लगता है ये कोई नया बिजनेस है।

आनंदीलाल : अरे आज़ादपुर या मलकागंज मंडी नहीं, ये कोई बिजनेस थोड़े है। वो कनाटप्लेस और आई.टी.ओ. के बीच में जो मंडी हाउस है उधर होता है कहीं!

बिहारीलाल : लेकिन ये होता क्या है?

आनंदीलाल : कुछ नाटक-वाटक की पढ़ाई होती है। ट्रेनिंग होती है।

बिहारीलाल : नाटक! जो टी.वी. में सीरियल आता है वो!

आनंदीलाल : नहीं वो नाटक नहीं! वो नाटक होता तो कम से कम सामने दिखाने को तो होता। बिरादरी में नाक ऊँची हो जाती।

बिहारीलाल : अरे ऐसा ही नाटक करना था तो बी.ए. करने की क्या ज़रूरत थी?

आनंदीलाल : मैंने पूछा था! बोलता है एन.एस.डी. करने के लिए क्वालीफ़िकेशन बी.ए. है। इसलिए किया।

बिहारीलाल : तो बी. ए. किए भी तो चार साल हो गए छोरे को! अभी तक नहीं हुआ एमडीशन?

आनंदीलाल : कुछ क़ाबलियत तो वो भी माँगते होंगे ना! खाली मंडीहाउस के चक्कर लगाके, कैण्टीनों में बैठी लड़कियों से बतियाने से तो न हो जाएगा एडमीशन!

बिहारीलाल : हूँ! अब कुछ-कुछ बात समझ में आ रही है। छोरा प्यार मोहब्बत के चक्कर में पड़ गया है। और किसी भी बीमारी में लड़का ऐसे निठल्ला नहीं घूमता!

(अब बैठकर एक्सरसाइज़ करने लगते हैं)

भैया ऐसा है अब इसको दिल्ली से दूर भेज दो ज़बर्दस्ती। बैंगलोर-वैंगलोर से एम.बी.ए. कराओ!

आनंदीलाल : ये ना कर पाएगा एम.बी.ए. इस जन्म में! इसका इलाज मैंने सोच लिया है।

बिहारीलाल : क्या?

आनंदीलाल : और किसी काम का तो ये रहा नहीं। सो सोच रहा हूँ, इसे पॉलिटिक्स में भेज दूँ।

बिहारीलाल : अरे ये तो आपने ग़ज़ब का सोचा! राजनीति के आसमान में अधिकतर वो ही लोग सितारा बन कर चमकते हैं जो या तो कोई काम कर नहीं सकते या दूसरों के काम बिगाड़ने में माहिर होते हैं। लेकिन इसकी शुरुआत कैसे होगी?

आनंदीलाल : हमारा तो एक ही सहारा है!

बिहारीलाल : डी.पी. जी!

आनंदीलाल : हाँ डी.पी. जी। भई हर चुनाव में हम दोनों से तीन-चार लाख चंदा तो ले ही जाते हैं।...हमको ना नहीं करेंगे।

बिहारीलाल : लेकिन ये कैसे क्या करेगा?

आनंदीलाल : डी.पी. जी अपने क्षेत्र में पाँच साल का एक विकास प्रोजेक्ट चला रहे हैं। मामचंद के लड़के बालमदीन को तो उन्होंने अपने प्रोजेक्ट का हैड बना दिया है। उसने वहाँ जाकर काम शुरू कर दिया है।

बिहारीलाल : बालमदीन तो प्रीतम का दोस्त है!

आनंदीलाल : हाँ! वो तो इसे ले जा रहा था। उसने शायद डी.पी. जी से बात भी कर ली थी। लेकिन इस छोरे की समझ में कुछ

नहीं आया।

बिहारीलाल : ये वहाँ करेगा क्या! बालमदीन तो एम.बी.ए. है। ये क्या है! या तो ऐसे ही पढ़ा-लिखा होता या फिर लठैत होता। इस जैसे लड़के की राजनीति में क्या जगह है वो भी देहाती इलाके में!

(अब लेटकर एक्सरसाईज़ करने लगते हैं)

आनंदीलाल : यहीं पर तू भूल कर रहा है। हिंदुस्तान में जितने बड़े लीडर हुए हैं या हैं उनमें नब्बे फीसदी गाँव से ही आए हैं। अब तो गाँव ही हमारे देश की राजनीति का मदरसा हैं। मैंने इसके लिए भी डी.पी.जी से पक्की बात कर ली है। इस प्रोजेक्ट के लिए हम भी दो लाख चंदा देंगे। उसके बदले वो प्रीतम को इस प्रोजेक्ट में रख लेंगे। तुम समझ लो इसको वहाँ का चस्का लग गया और शुरुआत में ये ग्रामप्रधान का भी कार्यकर्ता बन गया तो अपनी उमर आने तक इसे पार्लियामेंट तो पहुँचना ही पहुँचना है। इस दौरान हम अपने बिजनेस को कैसा माडर्न बना देंगे ये भी सोच लो! और बिजनेस को इंटरनेशनल लेबल तक पहुँचाने का सपना भी देख लो!

बिहारीलाल : भैया! आपने जो दिमाग़ पाया है उससे हमारे पुरखे धन्य हो गए होंगे! आगे का ज़माना भी हमारा ही हमारा है। भैया! मैं साफ-साफ देख रहा हूँ भागीरथ पैलेस में एक मल्टीस्टोरी बिल्डिग चमक रही है। जिसका मुँह लालक़िले की तरफ़ है। जिस पर एक बहुत बड़ा कम्प्यूटराइज्ड बोर्ड लगा है–जिस पर लिखा है ''धनियाराम-मिर्चाराम पैलेस''!

आनंदीलाल : और उसका उद्‌घाटन करने खुद लक्ष्मी मित्तल आए हैं।

बिहारीलाल : हम दोनों को एक साथ गले लगा रहे हैं।

आनंदीलाल : चलो! इसी ख़ुशी के साथ अब थोड़ी देर शवासन कर लेते हैं। सपना अच्छी तरह दिल में बैठ जाएगा।

दोनों : ओम् लक्ष्मी जी सदा सहाय!

(निश्चल हो जाते हैं।)

(प्रीतमपाल खुशी से उछलता हुआ आता है, उसके हाथ में

एक पत्र है। वह पत्र को चूमता है। आँखों से लगाता है। दिल से लगाता है।)

प्रीतमपाल : कितना अच्छा लग रहा हैं ये लव लेटर पढ़ना! ऐसे माडर्न! ऐसे बिंदास ज़माने में जहाँ प्रेम सिर्फ़ एक डिश बनकर रह गया है। लड़के-लड़कियाँ रेस्तराँ, बार और पबों में कॉफी, बीयर और शराब की चुस्कियों के साथ प्यार को आलू चिप्स की तरह खाते-चबाते हैं। प्यार की मासूमियत को, पवित्रता को नशे में बेकाबू नाचते-लड़खड़ाते क़दमों तले रौंदते हैं। ऐसे ज़माने में जब मोबाइल और इंटरनेट के मकड़जाल से जानवरों जैसा स्वच्छन्द नंगा आनंद चुराने के लिए 'प्यार' एक कोडवर्ड बन चुका है....ऐसे समय! ऐसे माहौल में! कमल की पंखुड़ी पर पड़ी पानी की बूँद जैसा ये कोमल, पवित्र और रोमांटिक लव लेटर पढ़ना कितना अच्छा लग रहा है! जूली! आख़िर तुमने मेरे प्यासे दिल को अपने प्यार के झरने का पानी पिला ही दिया। कितना अच्छा होता हमारे प्यार के इस संबंध को हमारे पैरेंटस् का भी आशीर्वाद मिल जाता! हमारी कुंडली में बैठे ग्रह और सितारे हमारे शाश्वत प्रेम के गवाह हो जाते। मतलब हमारा विवाह हो जाता!

(प्रीतमपाल भावावेश में ज़ोर से बोलने लगता है।)

जूली! शायद मैं लाइफ़ में आज सबसे ज़्यादा ख़ुश हूँ। तुमने मुझे लेटर तो लिखा ही, यहाँ मिलने के लिए बुला भी लिया! आ हा! तुमने हमारे प्रथम मिलने के लिए भी कितनी पवित्र, कितनी सुंदर और कितनी शांत जगह चुनी है। वाकई तुमने प्रेम को बहुत गरिमामय बना दिया। विश्व की महानतम प्रेमिका के रूप में तुम्हारा नाम गिनीज़ बुक में दर्ज़ होगा!

(लेटर को फिर उसी तरह चूमने लगता है।)

आनंदीलाल : **(अर्द्धनिद्रा में)** प्रीतम की अम्मा देख तो! प्रीतम नींद में बड़बड़ा रहा है। जाकर उसे एक थप्पड़ मार दे! नहीं तो नींद में उठकर चलने लगेगा! उठ ना! **(बिहारी को झकझोरने लगता है।)**

बिहारीलाल : हाँ-हाँ! उठता हूँ! उठता हूँ, शवासन करते-करते मैं तो सो ही गया था! **(हड़बड़ाकर बैठ जाता है।)**

आनंदीलाल : **(उठकर)** अरे! मैं भी तो सो रहा था! नींद में लगा जैसे प्रीतम बड़बड़ा रहा है।

बिहारीलाल : अरे प्रीतम तो वो खड़ा है!

आनंदीलाल : अच्छा ये यहीं आकर बड़बड़ा रहा है!

बिहारीलाल : इसको शायद पटवारी ने बता दिया होगा कि मैं और आप यहाँ इसके बारे में फैसला करने आए हैं।

आनंदीलाल : इसीलिए यहाँ आकर बड़बड़ा रहा है! लेकिन ये यहाँ पढ़ क्या रहा है? **(ज़ोर से)** प्रीतम!

(प्रीतम अपने पिता और चाचा को देखकर हक्का-बक्का रह जाता है।)

(लेटर जल्दी से जेब के हवाले कर देता है। पिता और चाचा उसके पास पहुँचते हैं।)

आनंदीलाल : तुझे कैसे पता चला कि हम यहाँ आए हैं। और यहाँ हमारे ऊपर क्या बड़बड़ा रहा था?

प्रीतमपाल : बड़बड़ा!...नहीं! अरे हाँ मैं तो तैयारी कर रहा था...ऑडीशन की तैयारी!...

बिहारीलाल : एन.एस.डी. के ऑडीशन की तैयारी?

प्रीतमपाल : नहीं-नहीं, वहाँ तो जून में ऑडीशन लेते हैं। मैं तो एक सीरियल के लिए ऑडीशन की तैयारी कर रहा था।

बिहारीलाल : यहाँ! इस वीराने में!

प्रीतमपाल : हाँ! डॉयलाग थोड़ा उतार-चढ़ाव के साथ ज़ोर से चिल्ला के भी बोलने पड़ते हैं ना! उसके लिए ऐसी सुनसान जगह ही ठीक रहती है। घर में तो आप लोग मुझे पागल समझ लेते!

आनंदीलाल : अब तक पागल समझकर ही माफ़ कर रखा है। लेकिन अब तेरा इलाज करना ही करना है।

प्रीतमपाल : मैं इलाज वाला पागल थोड़ी हूँ!

आनंदीलाल : तू लाइलाज है? नहीं बेटा हमने तेरा इलाज ढूँढ़ लिया है! ...अच्छा ये बता तेरी जेब में क्या है?

प्रीतमपाल : कुछ नहीं है!

बिहारीलाल : वो जो तू पढ़ रहा था...वो डॉयलाग वाला काग़ज़ है? ज़रा हम भी तो देखें कैसे डॉलयाग हैं!

आनंदीलाल : तू बोलता जा! हम देखते जाएँगे! देखें तुझे याद हैं कि नहीं!

प्रीतमपाल : डॉलयाग तो मुझे याद हैं। मैं डॉयलाग लेकर थोड़े आया हूँ।

बिहारीलाल : तो उस काग़ज़ में क्या लिखा है?

प्रीतमपाल : अरे वो तो लेटर है...बालमदीन का लेटर!

आनंदीलाल : बालमदीन का!...ला दिखा क्या लिखा है?

प्रीतमपाल : आपको पढ़ाने लायक नहीं है! वो लेटर में मज़ाक-वज़ाक बहुत लिख देता है।

आनंदीलाल : कोई मतलब की बात भी लिखी है उसने कि नहीं?

प्रीतमपाल : लिखी है ना! लिखा है उसको वहाँ बहुत अच्छा लग रहा है। बहुत कुछ सीखने को मिल रहा है! मुझको कह रहा है कुछ दिन के लिए आके घूम जाओ!

बिहारीलाल : अच्छा! ऐसा लिखा है! बड़ा पक्का-सच्चा दोस्त है तुम्हारा!

प्रीतमपाल : वही तो एक दोस्त है!

आनंदीलाल : तो बेटा! तू कुछ दिन के लिए नहीं अब सब दिन के लिए वहाँ चला जा। और घूमने के लिए नहीं काम के लिए! ज़रा भी ना-नुकुर की तो जायदाद से बेदख़ल कर दूँगा। बिहारी का बड़ा बेटा बैठेगा मेरी गद्दी पर। इस पर तूने कुछ आँचा-पाँचा किया तो पागलख़ाने में भर्ती करा दूँगा। चल दो दिन के अंदर अपना बोरिया बिस्तर समेट और पहुँच जा मेरठ!

प्रीतमपाल : लेकिन ऐसे एकदम से अचानक!

आनंदीलाल : मैंने डी.पी.जी से पूरी बात कर ली है। आजकल पार्लियामेंट की बैठक नहीं चल रही है, वो मेरठ में ही हैं। परसों उनके दिल्ली वाले बंगले से एक आदमी कुछ काग़ज़ात लेकर जा रहा है। मैं तुझे उसी के साथ भेज दूँगा।

बिहारीलाल : कुछ ही साल की तपस्या है प्रीतमपाल बस! बेटा सारा नक्शा बदल जाएगा—पैसा, शोहरत और ताक़त सब तेरे क़दमों पर

होंगे। तू हमारे ख़ानदान का सूरज बन जाएगा!

आनंदीलाल : अब घर चलेगा या थोड़ी देर और प्रैक्टिस करेगा डॉयलाग की?

बिहारीलाल : नहीं! प्रैक्टिस ज़रूर करेगा। वहाँ भी जब मौक़ा मिले डॉयलाग की प्रैक्टिस करते रहना। जंगलों में निकल जाया करना। बड़ा नेता बनने के लिए बड़ा अभिनेता बनना पड़ता है। हा! हा! हा! आगे बहुत काम आएगा!

(आनंदी और बिहारी चले जाते हैं।)

(प्रीतमपाल लुटा-लुटा सा महसूस करता है। वह घोर निराशा में घुटनों पर सिर टिकाकर बैठ जाता है। कुछ पलों में ही जूली आती है। वह प्रीतम को ऐसी हालत में देखकर सशंकित हो जाती है।)

(जूली दौड़कर आते हुए)

जूली : प्रीतम! **(उसके पास पहुँचकर ठिठक जाती है।)** प्रीतम! क्या हुआ? क्या मेरे लेटर ने तुम्हें हर्ट किया?

प्रीतमपाल : तुम्हारे लेटर ने ही तो मुझे ज़िंदा रखा है जूली! वर्ना मेरे पिता और चाचा ने तो मुझे मार ही डाला है!

जूली : क्या हुआ? क्या उन्हें हमारी मोहब्बत का पता चल गया?

प्रीतमपाल : बिना पता चले ही उन्होंने वो कर दिया है जो किसी ज़माने में लोग पता लगने के बाद किया करते थे। जैसा लोगों ने लैला-मजनूँ के लिए किया था। उन्होंने मुझे तुमसे जुदा कर दिया है जूली! मेरे चाचा और पिता ने ऐलान कर दिया है कि मैं अपने इलाक़े के सांसद डी.पी. जी की शरण में जाकर राजनीति की प्रैक्टिकल ट्रेनिंग ले लूँ। जूली! एक सच्चे प्रेमी को काला पानी का कठोर कारावास दे दिया उसके पिता और चाचा ने!

जूली : हाय मैं क्या करूँ! ऐसी सिचुएशन पर सीरियल और फ़िल्मों में कितने गाने हो जाते! प्रेमी और प्रेमिका डिफ़रेंट-डिफ़रेंट एंगल से ऐसे जुड़कर पचासों पोज़ बनाते कि एक जिस्म दो जान हो जाते! उसी हालत में झरने में भीगते हुए, समुंदर

में डूबते हुए, आग में जलते हुए ट्रैज़िक डांस करते! लेकिन मैं क्या करूँ! मैं इतनी एडवांस नहीं होना चाहती! मेरा प्यार तो ट्रैडिशनल है। सो मैं तुम्हें अपने प्यार की निशानी अपनी अँगूठी दे सकती हूँ। और प्रौमिस दे सकती हूँ कि मैं ज़िंदगीभर के लिए तुम्हारा इंतज़ार कर सकती हूँ!

प्रीतमपाल : नहीं जूली नहीं! मैं एक ही महीने में वहाँ से भाग आऊँगा। मेरठ है ही कितना दूर जूली! मैं तो हर हफ़्ते अप एंड डाउन करके तुमसे मिलने आ सकता हूँ जूली! दुनिया भर की दौलत, शोहरत, ताक़त, लालबत्ती, नीलीबत्ती सब तुम्हारे क़दमों पर डाल दूँगा जूली! लो! मैं भी अपने प्यार की निशानी ये अँगूठी तुम्हें दे देता हूँ! **(दोनों लोग एक-दूसरे को अँगूठी पहनाते हैं।)**

प्रीतमपाल : मेरे लिए दुनिया में अब एक ही लड़की है—जूली!

जूली : मेरे लिए दुनिया में एक ही लड़का है—प्रीतम!

(दोनों एक-दूसरे के दोनों हाथ थामे वृत्त में घूमते हैं।)

(प्रकाश धीरे-धीरे विलुप्त होता है।)

(दृश्य समाप्त)

द्वितीय अंक

दृश्य एक

मेरठ का ग्रामीण क्षेत्र। डी.पी.जी के बँगले का वह भाग जिसमें बालमदीन रहता है।

समय : सायंकाल 4-5 के बीच (सूर्यास्त से पहले)

पात्र : बालमदीन, डी.पी.जी, शालिनी, सरपट

(बालमदीन के कमरे का एक दरवाज़ा बड़ी छत पर खुलता है। दूसरा दरवाज़ा नीचे सीढ़ियों के लिए खुलता है। सीढ़ियाँ चढ़ने के बाद एक रास्ता सीधे छत पर आने के लिए है।)

(छत के किनारे-किनारे रेलिंग लगी हुई है। गमलों में फूल खिले हुए हैं। छत पर तीन-चार कुर्सियाँ और एक टेबिल रखी हुई है। बालमदीन कुर्सी पर बैठा किताब पढ़ रहा है। ढलते सूरज की रोशनी उसके चेहरे और गमले पर लगे पौधों पर पड़कर माहौल को बहुत रोमांटिक बना रही है, बालम किताब से नज़र हटाकर सूरज की ओर देखता ओर मुस्कुराता है!)

(तभी डी.पी.जी और उनकी लड़की शालिनी आते हैं।)

डी.पी.जी : रेस्ट के दिन पूरा आराम कर लिया करो बालम!
(बालम चौंक कर उठता है)

बालमदीन : अरे सर! आप! आइए बैठिए!...**(डी.पी.जी बैठते हैं) (शालिनी से)** आप भी बैठिए! **(शालिनी मुस्कुराते हुए बैठ जाती है।)** सरपट!...सरपट!!

डी.पी.जी : कोई तकल्लुफ़ नहीं, कुछ मँगाना-वगाना नहीं! चुपचाप यहाँ बैठ जाओ।

बालमदीन : (बैठ जाता है) मुझे बुला लिया होता सर!

डी.पी.जी : मेरा यहाँ आना अच्छा नहीं लगा?

बालमदीन : ऐसा कैसे हो सकता है सर!

डी.पी.जी : क्या पढ़ रहे हो?

बालमदीन : जी एक पुराना नावेल है!

डी.पी.जी : रेस्ट के दिन दिमाग़ को थोड़ा आराम दे दिया करो। हमारे फार्महाउस हो आया करो!

बालमदीन : ऐसी किताबें पढ़ने से मैं फिर से तरोताज़ा हो जाता हूँ सर! **(शालिनी इस पूरी बातचीत के दौरान बालम को देखती मंद-मंद मुस्कुराती है। एक-दो बार बालमदीन की भी नज़र उस पर पड़ जाती है।)**

शालिनी : कुछ अच्छी किताबें मुझे भी पढ़ने को दिया करिए ना! सी.ए. की पढ़ाई इतनी बोरिंग होती है कि रोज़ मूड रिफ्रेस करना पड़ता है।

बालमदीन : आप अंदर कमरे में चली जाइए! जो किताब पसंद आ जाय ले जाइए!...हाँ! पढ़ने के बाद वापस ज़रूर कर दीजिएगा **(सब हँसते हैं।)**

(शालिनी अंदर जाती है।)

डी.पी.जी : मैं तुमसे बहुत खुश हूँ बालम! तुम आने वाले समय के आदमी बन रहे हो। मेरा काम ऐसे ही आदमी कर सकते हैं और अपनी भी क़िस्मत चमका सकते हैं। हमारे देश की राजनीति एक नये मोड़ पर पहुँच रही है। शुरुआत में अधिकतर सच्चे देशभक्त और सच्चे इंसानों ने देश की बागडोर थाम रखी थी। उसके बाद आई अनपढ़, जाहिलों, माफियाओं, ख़ूनियों, डाकुओं, दलालों और मसख़रों की सल्तनत! बहुत जल्द वो दिन आने वाला है जब देश की पॉलिटिकल मशीनरी ऐसे जाम हो जाएगी जैसे बहुत ठंड पड़ने पर पाइपलाइन में पानी जम जाता है और पानी सप्लाई ठप्प हो जाती है। या सीवर

का पानी गलियों में भर जाता है तो सारा मैला कमरों में छितरा जाता है। तब राजनीति को एक बहुत बड़ी करवट लेनी पड़ेगी। तभी देश पटरी पर आएगा और विकास की गाड़ी पटरी पर दौड़ेगी! बालमदीन! जो लोग छुरेबाज़ी, दलाली, अपहरण और ऐयाशी की योग्यता लेकर...विधानसभा और लोकसभा में पहुँच रहे हैं, उनके दिन ख़त्म हो जाएँगे। अनपढ़, गँवार और लम्पट देहाती लट्ठ भाँजते हुए ग्राम प्रधानी चुनाव प्रचारक बन रहे हैं। लोग प्रधानी का मुखौटा लगाकर ग्राम विकास के पैसे पर भूखे कुत्तों की तरह टूट रहे हैं। गाँव की हर गली, हर मोहल्ले को कुरुक्षेत्र बनाए हुए हैं। भोली-भाली जनता के बीच से लूट और हराम की रोटी में सुख पाने वाले लोग पैदा हो रहे हैं। जो लाल, हरी, नीली, पीली टोपी लगाए झंडा थामे अपने उद्धारकों का जयकारा लगाते चलते चले जा रहे हैं। वो सोच रहे हैं कि वे इसी तरह एक दिन संसद भवन पहुँच जाएँगे और संसद भवन की कुर्सियों पर मल विसर्जन कर बुनियादी अधिकारों की जीत का जश्न मनाएँगे।

बालमदीन! इस दौर को ख़त्म करना होगा। देश सेवक की जो योग्यता होनी चाहिए वही योग्यता हासिल करनी होगी गाँव-शहर के हर उस आदमी को जो राजनीति में आना चाहता है। मेरे विकास प्रोजेक्ट का सबसे बड़ा और अहम हिस्सा है लोगों को इस क़ाबिल बनाना। इसलिए मैं तुम जैसे लोगों को अपने क्षेत्र की राजनीति से जोड़ रहा हूँ और उन्हें ग्रासरूट लेबल पर तैयार कर रहा हूँ। लेकिन ऐसे नौजवानों को अपने साथ बहुत गहरी जाँच पड़ताल के बाद ही जोड़ना चाहता हूँ!...तुम्हारी तरह एक और नौजवान यहाँ आ रहा है। मैंने सुना है वो तुम्हारा दोस्त रहा है?

बालमदीन : कौन है वो?

डी.पी.जी : दिल्ली-6 में खारी बावली के सबसे बड़े मसाला व्यापारी लाला आनंदीलाल का लड़का प्रीतमपाल!

बालमदीन : हाँ! वो तो मेरा पक्का दोस्त है!

डी.पी.जी : कैसा है वो?

बालमदीन : बहुत ब्रिलियेंट है। आर्टिस्ट क़िस्म का लड़का है। अगर वो यहाँ आ रहा है तो बहुत अच्छा रहेगा। मैं उसके लिए आपसे रिक्वेस्ट करता हूँ।

डी.पी.जी : लेकिन उसने तुम्हारी तरह कोई प्रोफ़ेशनल पढ़ाई क्यों नहीं की?

बालमदीन : सर! वो बड़ा अजीब लड़का है। धन-दौलत, प्रॉपर्टी, और लग्जरी से उसका मन ऊब चुका है।

डी.पी.जी : **(सुखद आश्चर्य से)** एक्सीलेंट! ऐसा ही नौजवान तो असली देश सेवक हो सकता है। जनता को जगा सकता है।

बालमदीन : जी वो कब आने वाला है?

डी.पी.जी : उसे एक घंटा पहले ही पहुँच जाना चाहिए था। मेरे दिल्ली ऑफिस का एक आदमी उसके साथ है। वो सीधे तुम्हारे पास ही आएगा।

(शालिनी बाहर आती है)

शालिनी : आपके पास तो इतनी सारी अच्छी किताबें हैं। मन कर रहा है सब एक साथ पढ़ डालूँ!

बालमदीन : ऐसा है आप एक साथ तो इतनी किताबें ले न जा पाएँगी।

शालिनी : तो यहीं बैठके पढ़ लिया करूँगी।

(सरपट दौड़ता आता है)

सरपट : प्रीतम भैया आए हैं!

(प्रीतम का प्रवेश)

(प्रीतम डी.पी.जी के पैर छूता है। बालमदीन उसे गले लगा लेता है।)

बालमदीन : आख़िर तू आ ही गया!

प्रीतमपाल : तेरे बिना वहाँ मन कैसे लग सकता था।

बालमदीन : शालिनी! ये मेरा बचपन से लेकर अब तक का सबसे गहरा और इकलौता दोस्त प्रीतमपाल!...ये हैं शालिनी! डी.पी.जी की बेटी।

शालिनी : हैलो!

प्रीतमपाल : हैलो! शा...लिनी!

डी.पी.जी : सरपट! इनका सामान अभी यहीं ले आओ। थोड़ी देर में दूसरे क्वार्टर में पहुँचा देंगे! **(सरपट सामान लाने चल देता है)** तो प्रीतम आज तुम रेस्ट करो। कल तुम्हारा इंटरव्यू होगा पैनल के सामने। पैनल में मेरे और बालम के अलावा और भी लोग होंगे। घबराना नहीं। ये इंटरव्यू तुम्हें सेलेक्ट या रिजेक्ट करने के लिए नहीं होगा। ये जानने के लिए होगा कि तुम्हारी ट्रेनिंग किस लेबल से हो और तुम्हें किस तरह का काम दिया जाय। तुम लोग बात-वात करो। मैं अभी चलता हूँ! **(डी.पी.जी का प्रस्थान)**

शालिनी : बालम! अगर आप परमिट करें तो मैं एक दो किताब और ले लूँ!

बालम : ओह! श्योर! जितनी पसंद हों उतनी ले जाइए। वो तो मैं मज़ाक कर रहा था।

शालिनी : जितनी पसंद हों उतनी नहीं ले जाऊँगी।

बालम : क्यों?

शालिनी : दुबारा आने का मौक़ा नहीं मिलेगा ना!

बालम : क्यों? किताबें वापस करने नहीं आएँगी!

(शालिनी खिलखिलाकर हँस पड़ती है, बालम भी हँसता है। हँसते-हँसते प्रीतम की ओर देखता है। प्रीतम इतनी सारी बातचीत के दौरान शालिनी को मंत्रमुग्ध सा एकटक देख रहा है)

(शालिनी भीतर चली जाती है)

बालम : प्रीतम! **(प्रीतम चौंककर बालम को देखता है)** कहाँ खो गए थे? क्या जूली की याद आ रही है? अब तो वो तेरी मोहब्बत की गिरफ़्त में आ ही गई होगी!

(प्रीतम कुछ पल के लिए गहरे विचार में आ जाता है)

प्रीतम : हाँ! हाँ! अब तो हमारी मोहब्बत के जश्न में अक्सर चाँद सितारे शरीक़ हुआ करते हैं!

बालम : मतलब!

प्रीतम : हम अक्सर रात में जमुना किनारे राजघाट के आसपास बैठकर आसमान को निहारा करते हैं। सितारों से कहते हैं हम दोनों की कुंडली में इसी तरह मुस्कुराते हुए बैठ जाओ, ताकि हमारी एरैंज मैरिज हो जाए। **(दोनों हँसते हैं।)**

(शालिनी बाहर आती है)

बालम : शालिनी! ये वही प्रीतम हैं, जिनके बारे में मैंने पहले भी आपको बताया था–द प्लेटोनिक लवर!

शालिनी : अच्छा! अच्छा!

बालम : लेकिन अब बात बदल गई है, इनकी प्रेमिका जी अब मीरा की तरह इनके भजन गाती हैं।

शालिनी : कांग्रेचुलेशंस मिस्टर प्रीतम! **(प्रीतम चुप रहता है)**

बालम : अरे संस्कारविहीन प्रेमी! थैंक्यू तो बोल दे कम से कम!

प्रीतम : ओ...हाँ...हाँ! आपकी शुभकामनाओं के लिए धन्यवाद मिस शालिनी!

(शालिनी और बालम हँसते हैं)

शालिनी : बालम! आप मेरे साथ आइए। मैं भी आपको एक बढ़िया किताब देना चाहती हूँ...सॉरी मिस्टर प्रीतम आपको कुछ पलों के लिए अपने सबसे गहरे और इकलौते दोस्त की जुदाई बर्दाश्त करनी पड़ेगी।

(प्रीतम रहस्यमयी मुस्कुराहट बिखेरता है।)

बालम : अभी आया यार!

(बालम और शालिनी प्रफुल्लित मन से प्रस्थान करते हैं।)

प्रीतम : वाह मेरे दोस्त वाह! तुम्हारा शुक्रिया! तुमने मुझे सिखा दिया कि मौक़ा पड़ने पर आदमी को अपने कैरेक्टर के कंप्यूटर से उसूलों की फाइल डिलीट कर देनी चाहिए।...तुम्हारा तो पूरा सॉफ्टवेयर ही उड़ गया। बच्चू मुझे उपदेश देते थे– ''प्रीतम! बाहर निकलो इस...मोहब्बत के जाल से! इसमें सिर्फ़ दर्द ही दर्द है और कुछ नहीं!...मोहब्बत की इस जलती कैंडिल में तुम्हारे और तुम्हारे घरवालों के अरमान पतंगों की तरह

भस्म हो जाएँगे!''....हा! हा! हा! तुम्हारा क्या होगा!... शालिनी तुम्हारे सॉफ्टवेयर में वायरस की तरह घुस गई या तुमने ही उसे अपने दिल में डाउनलोड कर लिया।...वैसे चाल तुमने खूब चली! बहुत दूर की खेली!

पॉलिटिकल घराने के साथ इमोशनल गठबंधन! एंड कॉमन मिनिमम प्रोग्राम इज़ जस्ट मोहब्बत! वाह! राजनेताओं की भावी पीढ़ियाँ तुमसे प्रेरणा लेंगी! सास, ससुर, बेटी, दामाद, नाती-पोते सभी राजनीति में। कोई लोक सभा में, कोई विधान सभा में, कोई विधान परिषद में, कोई राज्य सभा में! कोई विकास परिषद में, कोई कार्पोरेशन में तो कोई फाउंडेशन में! पूरे देश में एक घराने का नेटवर्क चलेगा!...वाह मेरे दोस्त वाह! तुम्हारे इस खूबसूरत षड्यंत्र के आगे इयागो, कैसियस, लेडी मैकबेथ जैसे महान षड्यंत्रकारी पानी भरेंगे! तुम मुझे बचपन से समझाते आए! समझा नहीं पाए। आज बिना बोले ही समझा दिया।...मेरी आत्मा को जगा दिया।...इसलिए मेरे दोस्त अब मैं वही करूँगा!...मैं जूली को भूल जाऊँगा!... शालिनी की मोहिनी सूरत और अदाओं ने मेरे दिल के गिटार के तार झनझना दिए हैं। मैं इस झनझनाहट को प्यार का गीत बना दूँगा! लव सांग ऑफ ट्वेण्टीफर्स्ट सेंचुरी! मेरे दोस्त तुम दुनिया में मोहब्बत करने नहीं आए। फिर क्यों अपनी महानता से गिर गए! तुम अपने उसूलों पर वापस जाओ। शालिनी से दूर हो जाओ! क्योंकि मुझे उसे पाना है। उसे पाने के लिए वो कर डालूँगा जो दुनिया का नीच से नीच दगाबाज़ भी न कर पाया होगा। मैं शालिनी को पाने के लिए दग़ाबाज़ी की वो स्टोरी लिख दूँगा, जिसको बॉलीवुड वाले ख़्वाब में भी नहीं सोच पाएँगे। अगर वो कभी दग़ाबाज़ी पर सबसे बढ़िया फ़िल्म बना पाए तो सच्ची कहानी पर ही बनाएँगे।...और इस सच्ची कहानी पर मेरी कुटिल करतूतों का ही कॉपीराइट होगा!...मैं लिविंग लीजेण्ड बन जाऊँगा!... बनकर रहूँगा!

(तभी सरपट दौड़कर आता है)

सरपट : प्रीतम भैया! मैं आपका सामान सीधे आपके ही क्वार्टर में पहुँचा आया हूँ। चलिए आपको आपका क्वार्टर दिखा दूँ।

प्रीतम : शाबाश! ये तूने अच्छा किया! यहाँ अकेला बैठना मेरे लिए मुश्किल हो रहा था।

सरपट : तो चलिए!

(जाने लगते हैं उसी समय बालम और शालिनी हँसते हुए प्रवेश करते हैं।)

बालम : कहाँ जा रहे हो?

प्रीतम : अपने कमरे पर। बहुत थक गया हूँ। बाई रोड आया हूँ ना। जाकर सोऊँगा।

बालम : ठीक है, रात का खाना एक साथ खाएँगे!

प्रीतम : नहीं! मैं आज कुछ न खाऊँगा।

बालम : क्यों?

प्रीतम : इतने दिनों बाद तुमसे मिला हूँ। ख़ुशी से दिल और पेट दोनों भर गए हैं।

(सब हँसते हैं।)

शालिनी : बालम! आपसे मुझे एक ख़ास क़ाम है!

बालम : शुक्रिया! मैं अपने को ख़ुशकिस्मत महसूस कर रहा हूँ।

शालिनी : मैं थोड़ी देर पहले जब आपकी किताबें देख रही थी...

बालम : हाँ-हाँ!

शालिनी : एक किताब के बीच एक पेपर पर आपकी लिखी एक कविता मिली।

बालम : ...अरे वो तो बहुत पहले लिखी थी ऐसी ही!

शालिनी : बहुत अच्छी कविता है वो! कितना इंप्रेसिव और इमोशनल लिखते हैं आप!

बालम : शुक्रिया!

शालिनी : मेरा एक लेटर लिख दीजिए?

बालम : अभी?

शालिनी : जी मुझे कल ही भेजना है।

बालम : लेटर किसे लिखना है?

शालिनी : अपने प्रेमी को।

बालम : आपके प्रेमी को! ये मेरे लिए मुश्किल काम होगा।

शालिनी : नहीं! मुझे यक़ीन है मुझसे अच्छा आप ही लिखेंगे। मैं चलती हूँ। सवेरे सरपट के हाथ भिजवा दीजिएगा। थैंक्यू इन एडवांस बाय!

बालम : बाय। **(शालिनी चल देती है। बालम ठगा सा खड़ा रह जाता है।)**

(दृश्य समाप्त)

द्वितीय दृश्य

डी.पी.जी के बंगले के बाहर बाग़ीचा। बालम का खुला हुआ वर्किंग प्लेस।

समय : सुबह 10-11 बजे के बीच।

पात्र : मनोहरन, बालमदीन, सरपट, शालिनी, थानसिंह, प्रीतम।

(प्लानर मनोहरन बालम की टेबुल पर श्रमिक गाँव के प्लान की ड्राइंग देख रहा है। कुछ पलों में बालमदीन आता है)

बालमदीन : हाँ! मनोहरन जी बन गया प्लान?

मनोहरन : यस सर! गुड मार्निंग सर!

बालमदीन : गुड मार्निंग! **(कुर्सी में बैठकर)** चलिए समझाइए!

मनोहरन : सर! ये ईस्ट में मज़दूरों के क्वार्टर्स। नॉर्थ साइड में हैं बच्चों के खेलने का मैदान और पार्क। वेस्ट में बच्चों का स्कूल और क्रेच। उससे जुड़े हुए साउथ एरिया में महिलाओं का स्कूल और क्राफ़्ट्स ट्रेनिंग सेंटर!

बालमदीन : गुड! गुड!

(तभी सरपट वहाँ आता है। उसके हाथ में एक लिफाफा है) **(सरपट से)** क्या है?

सरपट : डाक लाया हूँ!

बालमदीन : अच्छा! अच्छा! एक मिनट रुक जाओ। हाँ मनोहरन जी ये ठीक है। लेकिन इस पूरी लैंड में अलग-अलग एरिया का लेबल मेज़र करना ज़रूरी है। उसके बेसिस पर हो सकता है इस प्लान में कुछ चैंजेस करने पड़ें।

मनोहरन : ओ.के. सर! मैं आज ही लेवल मेज़रमेंट करवाता हूँ।

बालमदीन : थैंक्यू मनोहरन जी! **(मनोहरन ड्राइंग लपेटकर ले जाता है)** **(सरपट से)** कहाँ से लाए हो लेटर?

सरपट : ये वही लेटर है जिसको मैं शालिनी जी को देने के लिए गया था।

बालमदीन : क्या शालिनी मिली नहीं?

सरपट : मिली थीं। इस पर उन्होंने कुछ लिख दिया है, वापस आपको देने को कहा है।

बालमदीन : **(पत्र खोलता है)** माई डियर बालम!...मतलब!...मुझसे मेरे ही लिए लिखवाया! मतलब वो मुझे सच में प्यार करती है!

सरपट : इतने दिन से प्यार की पेंग बढ़ा रहे थे इतना नहीं समझ पाए थे?

बालमदीन : मैं प्यार की पेंग बढ़ा रहा था, तुझे कैसे मालूम?

सरपट : मालिक की हरकतें सबसे पहले नौकर को ही मालूम होती हैं।

बालमदीन : नौकर मत कहो भाई! तुम मेरे दोस्त हो!

सरपट : **(स्वगत)** अब तो दोस्त बनाना मजबूरी है!

बालमदीन : **(फिर पत्र पढ़ते हुए)** नीचे भी कुछ लिखा है।...''आपने लिखने में भावनाओं और रोमांस में कंजूसी की है। जितना आपने लिखा है मैं उससे कहीं ज़्यादा चाहती हूँ आपको!

सरपट : बस! ये चाहत! बनने वाली है महाआफत!

बालमदीन : नहीं वो ऐसी नहीं है। वो मुझे सच्चा प्रेम करती है और मैं उससे!

सरपट : लेकिन उससे कोई और थ्रिलिंग प्यार करता है!

बालमदीन : कौन?

सरपट : थानसिंह! डी.पी.जी का चीफ़ सिक्योरिटी अफ़सर!

बालमदीन : थानसिंह, शालिनी से प्यार करता है तो करने दो। शालिनी थोड़ी उससे प्यार करती होगी!

सरपट : प्यार करे न करे, उन्हें शादी थानसिंह से ही करनी होगी।

बालमदीन : क्यों?

सरपट : अजीब बेहूदा सवाल है? उनकी शादी तय हो रखी है।

बालमदीन : शादी किसने तय कर दी?

सरपट : फिर बेहूदा सवाल? मैंने थोड़ी तय की है! उनके घरवालों ने तय की है, बहुत पहले तय कर दी है।

बालमदीन : बहुत पहले?

सरपट : हाँ!

बालमदीन : क्यों?

सरपट : फिर बेहूदा सवाल! दोनों का नामी ख़ानदान है। ख़ानदानी पहचान है। बड़े ख़ानदानों में इस तरह शादी तय हो जाना आम है। और अपनी बात निभाना उनकी शान है!

बालमदीन : मतलब?

सरपट : अरे मतलब ये कि थानसिंह भी पुराना ख़ानदानी ज़मींदार है। उसके पिता ने और शालिनी जी के पिता डी.पी.जी ने बहुत पहले ही एक दूसरे को बचन दे दिया था वे दोनों घरानों में रिश्तेदारी बनाएँगे, थानसिंह और शालिनी की शादी रचाएँगे! अब ब्रह्मा भी आ जाएँ तो इन लोगों को अपने वचन से न डिगा पाएँगे।

बालमदीन : हे भगवान! यहाँ लोग इतनी जल्दी क्यों तय कर देते हैं शादी!

सरपट : अरे इनको क्या मालूम था कि खारी बावली दिल्ली-6 के एक लाला का लड़का एक दिन यहाँ आके इनकी नौकरी करेगा और इनकी लड़की को अपना प्यार लुटा देगा!

बालमदीन : लेकिन तुम्हें ये सब कैसे मालूम है?

सरपट : मुझे ये सब इसलिए मालूम है कि मुझे अपनी इज़्ज़त की फ़िक्र है!

बालमदीन : मतलब?

सरपट : मतलब ये कि आपने डी.पी. जी से रिक्वेस्ट करके मुझे भी यहाँ बुलवा लिया और अपनी सेवा में रखवा लिया। मैं तो नौकर का भी नौकर हो गया। तो मुझे अपनी इज़्ज़त की तो चिंता होनी ही थी ! इसलिए जब मैंने पहली बार शालिनी जी को देखा, और उनको देखते हुए आपको देखा तो मैं समझ गया था कोई केस होने वाला है। मैं सावधान हो गया कहीं केस बिगड़ ना जाय! क्योंकि ये केस बिगड़ने पर इसका सीधा असर मुझ पर आता । मैं तो न घर का रहता ना घाट का। इधर का लतियाया खारी बावली लौटता तो वहाँ की मसाला मार्केट में मुझसे मिर्चा कुटवाया जाता। इसलिए मैं इस केस की डायग्नोसिस में लग गया। डायग्नोसिस में पता लग गया कि शादी पहले ही तय हो चुकी है। अब प्रिसक्रिप्सन ये है कि जैसे आप वहाँ प्यार के नाम पर बिदक जाते थे वैसे ही यहाँ शालिनी जी से दूर छिटक जाइए।

बालमदीन : भाई सरपट! क्यों इतना दुःखी और परेशान हो रहा है! ठीक है कि मैं पहले प्यार-मोहब्बत को युवा जीवन की एक व्यथा मानता था जो इंसान को ऐसे जाल में उलझा लेती है जहाँ जीवन की गति रुक जाती है। जीवन कहीं नहीं जाता, एक जगह ठहर जाता है। लेकिन समय की धारा इंसान को बहुत कुछ सिखाती चलती है। नए अनुभव, नए एहसास ज़िंदगी का पूरा अक्स दिखाने की कोशिश करते हैं।...बढ़ती उम्र के साथ ज़िंदगी में आए बदलाव ने मुझे प्यार का रूहानी एहसास दिया है। प्यार मुझे एक पूरा इंसान बनने में मदद कर रहा है। मुझे ज़िंदगी का वो आनंद दे रहा है जिसे पाने के लिए लोग ज़िस्म और दौलत का तमाशा बना रहे हैं लेकिन वो आनंद उनके लिए उतना ही दूर है जितना हमारी आँखों से क्षितिज की झूठी रेखा। मैं शालिनी से प्यार करता हूँ। इस प्यार से मैं उसी तरह अलग नहीं हो सकता जिस तरह सूरज से रोशनी!...हाँ थानसिंह की बातें सुनकर ये जान गया

हूँ कि जहाँ प्यार है वहाँ संघर्ष है! त्याग और बलिदान भी है, लेकिन हार नहीं है।

सरपट : वो सब तो ठीक है। लेकिन जब नौकर के सामने मालिक की मरम्मत होगी तो नौकर की क्या हालत होगी! मैं अभी अपना बोरिया बिस्तर बाँध लेता हूँ। पता नहीं कब सिर पर पैर रखकर भागना पड़ जाए। थानसिंह की जगह कोई और होता तो मुझे इतनी चिंता ना होती! कॉपी किताबों का जिसने मुँह नहीं देखा, खिलौनों की जगह बंदूक से खेला ऐसा आदमी प्यार कर रहा है! आप उसकी बराबरी कर पाएँगे?

बालमदीन : सरपट! घाटी के गंदे नाले चोटी की बर्फ को मैला नहीं कर सकते!

(शालिनी का प्रवेश)

शालिनी : वाह! क्या पोएटिक डॉयलाग है। ऐसा ही कुछ लेटर में भी लिखा दिया होता।

सरपट : **(स्वगत)**। लगता है मुझे डायग्नोसिस करने में बहुत देर हो गई। हालत इतनी बिगड़ चुकी है कि इलाज हो हो नहीं सकता!

शालिनी : क्या कह रहे हो सरपट?

सरपट : जी कुछ नहीं! मैं जा रहा हूँ! **(दौड़ जाता है। शालिनी हँसती है। बालम गंभीर हो जाता है)**

शालिनी : क्या बात है?

बालमदीन : मुझे तुम्हारी और थानसिंह की शादी तय होने की बात मालूम हो गई है!

शालिनी : तो?

बालमदीन : तो क्या? ये परेशानी की बात नहीं है?

शालिनी : ओह कम ऑन! शादी ही तय हुई है न! बारात तो दरवाज़े पर नहीं आ गई। फेरे तो नहीं पड़ गए। मैंने तुमसे प्रेम किया है बालम! मेरे प्रेम पर तुम्हें भरोसा नहीं?

बालमदीन : तुम्हारे प्रेम ने ही तो मुझे बदल कर रख दिया है शालू! मुझे तुम पर उतना ही भरोसा है जितना सूरज़ के सूरज होने पर

चाँद के चाँद होने पर! तुम्हारा प्रेम उतना ही सच है जितना ये सच है कि हम इस धरती पर एक साथ मिले हैं। लेकिन ये भी उतना ही सच है कि इसी धरती पर सूनामी जैसा क़हर टूटता है। ज्वालामुखी फूटता है।

शालिनी : बालू! प्यार कोई सामान नहीं, भावना है। सौ सूनामी और हज़ार ज्वालामुखी भी इसका कुछ न बिगाड़ पाएँगे! इसे ना आग जला सकती है, न हवा उड़ा सकती है, न पानी गला सकता है। ये तो आत्मा की तरह अ़जर-अमर है।

(थानसिंह का अपने दो गनर गार्ड के साथ प्रवेश)

थानसिंह : तो फिर! ये क्यों फालतू में हाथ-पैर मार रहा है हमारे प्यार के बीच में इसको बोलो चुपचाप अपना काम करे। कैरियर बनाए। हमारे अजर-अमर प्यार को ये किडनैप करेगा! हा! हा! हा!

शालिनी : क्या ऊटपटाँग बात कर रहे हैं आप? आपको इनकी बेइज़्ज़ती करने का कोई हक़ नहीं थानसिंह!

थानसिंह : तुम कितनी ऊटपटाँग बात करती हो! हमारी-तुम्हारी शादी होने वाली है और तुम मुझसे इतनी दूरी रखती हो। आप बोलती हो! थानसिंह बोलती हो! इसको बालू हमको थानसिंह! हैं! अरे थानू बोला करो थानू!

शालिनी : क्या बेमतलब बकवास करे जा रहे हो!

थानसिंह : तो ठीक है! मतलब की बकवास करते हैं। तुम लोग ये न समझना कि मुझे कुछ नहीं मालूम! मैं इसके आने की ख़बर सुनते ही समझ गया था कि ऐसी कुछ खिचड़ी पकेगी। होता है ना! ऐसा होता है। इसमें तुम्हारी कोई ग़लती नहीं शालू! शादी तय होने के बाद भी हो जाने में देर लगती है तो ऐसा ही होता है। मेरे को एक-एक बात मालूम है किताबों के बीच फूल रखके कितनी बार किताबों की अदला-बदली हुई। साथ बैठकर डिस्कशन के बहाने आँखों में आँखें डालीं! डी.पी.जी समझते रहे बड़े होनहार बच्चे हैं। प्रोजेक्ट पर जुटे पड़े हैं। उनको क्या मालूम! यहाँ प्यार का प्रोजेक्ट चल रहा है।

बालमदीन : थानसिंह! आप प्लीज़ यहाँ से चले जाइए। मुझे बहुत काम करना है।

थानसिंह : मैं भी काम की ही बात कर रहा हूँ प्रोजेक्ट मैनेजर साहब! शालू मैं चाहता तो डी.पी.जी को बता देता। पर मैंने सोचा कि मैंने इतना खेला खाया है, तुम भी थोड़ा खेल लो। अब तो लड़के-लड़की का बराबरी का ज़माना आ गया है ना! **(अचानक गुस्से में तमककर)** पर मुझे क्या मालूम था कि खेलते-खेलते तुम लोग कोर्ट के बाहर निकल लोगे। **(बालम से)** प्रोजेक्ट मैनेजर साहब! जिस काम से आए हो उसी पर दिल लगाओ, इधर-उधर नहीं। थानसिंह नाम है मेरा! कपड़े के थान में लपेटकर भिजवा दूँगा तुम्हारी चाँदनी चौक वाली कपड़े की दुकान में! सफ़ेद कपड़ा लाल होया मिलेगा!

शालिनी : थानसिंह!

थानसिंह : क्या हुआ तेरे को! अरे ख़ाली बात करने से ही डर गई! ...डर लगता है तो घर में जाओ! वैसे भी तुम्हारा यहाँ पर रहना ठीक नहीं। डी.पी.जी यहीं आने वाले हैं, क्योंकि आज मैंने उनको तुम दोनों के इस स्पेशल प्रोजेक्ट का पूरा ग्राउंड प्लान दिखा दिया है।

शालिनी : आपका सपना सच नहीं हो पाएगा थानसिंह!

थानसिंह : अच्छा! चलो बात को ज़रा डिटेल में समझाते हैं। शायद बात बन जाय। **(बालम से)** देखो प्रोजेक्ट मैनेजर साहब! अपनी पूरी समझदारी लगा देना मेरी बात समझने में! फिर कहोगे ...पहले ही समझा देते तो मैं ऐसा न करता!...बात ऐसी है कि मैं हूँ चीफ़ सिक्योरिटी अफ़सर! मेरे पीछे खुद सिक्योरिटी अफ़सर चलते हैं। देखो हमको पैसे की कोई ज़रूरत नहीं है। बहुत बड़े ज़मींदार थे हम भी डी.पी.जी की तरह। इतना पैसा और जायदाद है कि सँभाले नहीं सँभलता! क्या करें हमारी कोई ग़लती थोड़ी है। पैदा ही ऐसे ख़ानदान में हुए। खेलने के लिए खिलौनों की जगह रिवाल्वर-रायफल मिली! तो बड़े होकर भी हाथों में खुजली लगी रहती है। अँगुलियाँ

ऐंठती रहती हैं। डकैती डालने-अपहरण करने की ज़रूरत है नहीं! तब क्या करें कहाँ चलाएँ ग्रेली! बेचैनी लगी रहती है।

(अचानक असामान्य हो जाता है। क्रोध का उन्माद छा जाता है। उठकर तेज़ी से टहलने लगता है। हाथों को ज़ोर-ज़ोर से झटकता है। अँगुलियों को उमेठता है। सिक्योरिटी अफ़सर किसी अप्रत्यशित आदेश की प्रतीक्षा में उद्विग्न हो जाते हैं।)

थानसिंह : **(पागलों की तरह चीखता हुआ)** लाओ! अब दे दो! **(दोनों सिक्योरिटी अफ़सर उसके दोनों हाथों में अपनी गन पकड़ा देते हैं, थानसिंह हुंकारी भरता हुआ, इधर-उधर बेतहाशा घूमता हुआ हवा में कई राउंड फायर कर देता है। फिर कुछ पलों बाद रुककर परमशांति के अहसास के साथ गनें सिक्योरिटी अफसरों को लौटा देता है। फिर बालमदीन को देखकर ऐसे मुस्कुराता है, जैसे किसी संत ने दिव्यज्ञान का प्रवचन और आशीर्वाद दिया हो।)**

थानसिंह : अब जाकर मन को शांति मिली!...पहले तो हालत बहुत ख़राब थी। कभी-कभी तो दिन में तीन बार ये दवा लेनी पड़ती थी। घर में, आँगन में, किचन में, बेडरूम में कहीं भी दौरा पड़ जाता था। बीमारी बड़ी ख़तरनाक हो गई। अरे कहीं घरवालों को ही गोली लग जाती तो?...एक गुरु जी मिल गए! उन्होंने कहा! बच्चा आबोहवा चेंज़ कर लो घर वालों के सिर से ख़तरा हट जाएगा! नयी आबोहवा में तुम्हें तीन बार नहीं, जब चाहो तब दवा खाने का मौका मिलता रहेगा! बस हमारे ज्ञानचुक्ष खुल गए और हम पॉलिटिक्स में आ गए। हा! हा! हा! आप समझ रहे होंगे, गोलियाँ नक़ली हैं, चलने में आवाज़ नहीं होती! असली हैं! बंदूकों में साइलेंसर लगा दिया है। नौकर-चाकर घबराहट में काम छोड़ कर भीड़ लगा देते हैं ना!

शालिनी : **(गुस्से में व्यथित होकर)** थानसिंह!!

थानसिंह : अभी बात पूरी नहीं हुई शालू। मैं जो कह रहा हूँ, इनकी

भलाई के लिए ही कह रहा हूँ! **(बालम से)** तो प्रोजेक्ट मैनेजर साहब! गोली चलाना तो हमारा एडिक्शन है! और हमारे उस एडिक्शन की पॉलिटिक्स को ज़रूरत है। भाड़े के शूटर उतनी ईमानदारी से गोली नहीं चलाएँगे जितना कि फायरिंग एडिक्ट! ...क्योंकि उसे तो अपनी तक़लीफ़ दूर करनी होती है। वो तो लाख रुपया देकर भी गोली चलाएगा! आप पढ़े-लिखे हैं, आप ड्रग एडिक्टों की हालत तो जानते ही होंगे!

शालिनी : **(गुस्से में पागल होकर)** चुप हो जाइए थानसिंह!

थानसिंह : अभी बात पूरी नहीं हुई शालू! **(बालम से)** प्रोजेक्ट मैनेजर साहब! आप क्या समझते हैं डी.पी.जी यानी मेरे बहुत जल्द होने वाले ससुर अपने दम पर इतने आदर्शवादी बने हुए हैं? अरे हम ना हों तो पचास दुश्मन खड़े हो जाएँ! इनको चुनाव में बिठा दें या इस धरती से ही उठा दें।...समझे!...**(फिर असामान्य हो उठता है)** देखो!...देखो! फिर...फिर! **(उठकर उसी तरह उन्मादित होकर टहलता है हाथों को झटकाता है अँगुलियों को उमेठता है। सिक्योरिटी अफ़सर उसी तरह तैयार हो जाते हैं।)**

थानसिंह : लाओ! लाओ! अब दे दो! जल्दी दे दो! **(सिक्योरिटी अफ़सर उसी तरह गन पकड़ा देते हैं। और थानसिंह उसी तरह हवा में गन लहराकर कई राउंड फायर करता है। उसी तरह शांत होकर गन पकड़ाता है। फिर उसी तरह मुस्कुराकर बालम की ओर देखता है)** आप तो बहुत पढ़े-लिखे हैं प्रोजेक्ट मैनेजर साहब! हम बेकार ही आपको इतना समझा रहे हैं। अजी साहब कुल मिलाकर बात ये है कि हम तो अपनी लत से लाचार हैं,...गोलियाँ ऐसे ही चलती रहेंगी। कहीं आप हमारी रेंज में आ गए तो...आपकी डेडबॉडी कैसे पहचान में आएगी! तो हम लोगों को इस मुश्किल में डालने से अच्छा है आप हमारी रेंज से दूर ही रहिए ना!...अच्छा नमस्कार! **(सिक्योरिटी अफ़सरों से)** चलो भाई! **(प्रस्थान कर देते हैं।)**

(प्रीतम का प्रवेश)

(प्रीतम बहुत असंयत मन और हड़बड़ाहट भरी चाल से आता है, मुड़-मुड़कर दूर जा रहे थानसिंह को देखता रहता है। बालम और शालिनी के पास पहुँचकर)

प्रीतमपाल : मैं आ तो तभी गया था जब थानसिंह यहाँ पहुँचा, लेकिन पेड़ के पीछे छिप गया था। इस डर से कि कहीं थानसिंह मुझे भी शालिनी जी का प्रेमी न समझ ले!

शालिनी : आप मेरी इंसल्ट कर रहे हैं मि. प्रीतम!

प्रीतमपाल : आप बात को सही ढंग से समझिए! मुझे आप दोनों से बहुत हमदर्दी है। इसलिए ऐसा कह रहा हूँ। मुझे ख़ुशी है कि बालम जो कभी प्यार शब्द से भी नफ़रत करता था, आज वो प्यार के समुंदर में गोते लगा रहा है। **(शालिनी से)** मैं आपका एहसानमंद हूँ कि आपने ही इसे ये गोताखोरी सिखायी है। **(इसी बीच डी.पी.जी आ जाता है, उसके साथ चार-पाँच सशस्त्र बॉडी गार्ड हैं।)**

डी.पी.जी : शालिनी! तुम जाओ यहाँ से। **(शालिनी चली जाती है) (बालम से)** क्या सोचा था! क्या निकल गए! चुपचाप अपना काम करो नहीं तो दिल्ली लौट जाओ! वर्ना कुछ भी हो सकता है! कुछ भी!...समझ रहे हो ना! **(तेज़ी से पलटकर जाने लगता है।)**

प्रीतमपाल : **(डी.पी.जी के पैरों पर पड़ता हुआ)** डी.पी.जी माफ़ कर दीजिए! आप मेरी जान ले लीज़िए! इसे माफ़ कर दीजिए! ये पहले ऐसा नहीं था!

डी.पी.जी : ठीक है तुम बनाओ इसे पहले जैसा! और मुझे रिपोर्ट करो! **(चला जाता है)**

प्रीतम : बालम! मेरे दोस्त! ये किसकी नज़र लगी! कैसी बिजली गिरी तेरे प्यार पर!

बालमदीन : प्रीतम! मैं अब पीछे नहीं लौट सकता मेरे दोस्त! आई कांट लुक बैक। शालिनी नहीं है तो कुछ नहीं है ज़िंदगी में!... ज़िंदगी ही नहीं है। इसलिए मैं शालिनी के साथ कहीं दूर निकल जाऊँगा। जहाँ हम अपनी अलग दुनिया बसाएँगे।

...लेकिन समझ नहीं पाता कहाँ जाएँ, कैसे जाएँ!

प्रीतमपाल : मैं तुम्हारे बचपन का दोस्त हूँ। आज मुझे लग रहा है दोस्ती का फर्ज़ अदा करने की घड़ी आ गई है। दोस्त! तुम जानते हो घरवालों के अरमानों के हिसाब से डी.पी.जी के अंडर में काम करना मेरे कैरियर का अंतिम चांस है। लेकिन मैं इसकी भी परवाह नहीं करूँगा। मैं अपनी क्रेडिबिलिटी को, इस लास्ट अपॉर्चुनिटी को दाँव पर लगा दूँगा और तुम दोनों को इस ज़ालिम दुनिया से बाहर कर दूँगा।

बालमदीन : मैं तुम्हारा एहसान मानूँगा मेरे दोस्त!

प्रीतमपाल : एहसान तो थानसिंह का है जिसकी वजह से मुझे अपने दोस्त के लिए कुछ करने का मौका मिला है!...अब बातों में वक़्त बर्बाद न किया जाय। सेकंड-सेकंड क़ीमती है। मेरे दिमाग़ में एक तरकीब आती है जो कामयाबी की उम्मीद जगाती है। मैं बोलता जाऊँ तुम नोट करते जाओ।

(बालम टेबल से पेपर और पेन लेकर लिखने लगता है)

प्रीतमपाल : तीन-चार दिन तक शालिनी से बिल्कुल बात मत करो। डी. पी.जी को विश्वास दिला दो कि तुम मेरे समझाने से समझ गए हो, सुधर गए हो। मैं भी तुम्हारी सिफारिश कर दूँगा। अब तुम्हारे इस्केप का ब्लू प्रिंट तैयार कराता हूँ। तीन दिन बाद बंगलौर से तुम्हारे कंप्यूटर पर तुम्हारे लिए ई-मेल आएगा, तुम्हारी एक गर्ल फ्रैंड का!

बालमदीन : मेरी कोई गर्लफ्रैंड नहीं है!

प्रीतमपाल : होती तो आज ये दिन थोड़ी देखना पड़ता। ये नौबत आई है इसीलिए ये झूठी कहानी का जाल बिछाया जा रहा है। ...आगे लिखो! गर्लफ्रैंड के ई-मेल में तुम्हारी बेवफ़ाई का रोना होगा। फिर अपनी शादी तय होने की ट्रेज़िडी लिखी होगी। और फिर लिखा होगा, आकर मुझे कहीं दूर ले जाओ। नहीं तो मैं सूसाइड कर लूँगी।

बालमदीन : लेकिन ये आएगा कैसे? जब वहाँ गर्ल फ्रैंड है ही नहीं!

प्रीतमपाल : क्या एम.बी.ए. की पढ़ाई की है तुमने! तुम्हारा दिमाग़ तो

एक छोटा-सा प्लान नहीं समझ पा रहा है। बैंगलोर में मेरा एक दोस्त है। वही भेजेगा तुमको ये ई-मेल!...तो जिस दिन ये ई-मेल आएगा, तुम डी.पी.जी से कहोगे कि तुम्हें किसी ज़रूरी काम से एक हफ़्ते की छुट्टी चाहिए। तुम्हें कोलकाता जाना है।

बालमदीन : क्यों? कोलकाता क्यों जाना है?

प्रीतमपाल : अपनी बहन की शादी के लिए लड़का देखने। लेकिन तुम कोलकाता नहीं जाओगे। तुम उस समय दिल्ली अपने घर जाओगे। घर में बताओगे कि कुछ ज़रूरी डाकूमेंट्स रह गए हैं उन्हें लेने आया हूँ। अगले दिन सवेरे आनंद विहार टर्मिनल पर आकर बस पकड़ लोगे। कहाँ की?

बालमदीन : कहाँ की?

प्रीतमपाल : हरिद्वार की!...जो बस कहाँ होकर हरिद्वार जाएगीं?

बालमदीन : कहाँ होकर?

प्रीतमपाल : मेरठ होकर! मेरठ शहर होकर ही हरिद्वार जाएगी। लेकिन तुम टिकट मेरठ का ही लोगे!

बालमदीन : हाँ-हाँ!

प्रीतमपाल : जिस समय तुम खारी बावली से आनंद विहार टर्मिनल की ओर आ रहे होगे उसी समय यहाँ डी.पी.जी के घर एक टाटा सफारी में शालिनी जी की एक फ्रैंड आएगी। उसके साथ उसके मम्मी-पापा और एक छोटा भाई होगा। वो लोग शांतिकुंज हरिद्वार में उसका जनेऊ कराने जा रहे होंगे। लेकिन पहले दिन की शाम को ही जब तुम दिल्ली के लिए रवाना हो चुके होगे, शालिनी के मोबाइल पर इस फ्रैंड का किसी पी.सी. ओ. से **(जिसको घर का नं. बताया जाएगा)** फोन आ चुका होगा कि वो भी उसके भाई के जनेऊ में शांतिकुंज चलें, क्योंकि उसके रिवाज के अनुसार भाई के जनेऊ में कम से कम दो बहनों का होना ज़रूरी होता है। और फ्रैंड का भाई तो अपनी सगी बहन से ज़्यादा शालिनी को मानता है।

बालमदीन : तो?

प्रीतमपाल : तो क्या शालिनी के घर में सब बहुत खुश हो जाएँगे। अगले दिन सवेरे जब सफ़ारी शालिनी के यहाँ पहुँचेगी तो शालिनी अपने बैग-सैग के साथ तैयार खड़ी होगी बाहर ही। वो लोग चल देंगे सीधे! कहाँ?

बालमदीन : हरिद्वार!

प्रीतमापाल : नहीं मेरठ बस अड्डे की ओर! जब वो बस अड्डे पहुँचेंगे ठीक उसी समय तुम्हारी बस भी वहाँ पहुँचेगी। शालिनी तुम्हारे मोबाइल पर टाटा सफारी का नं. एसएमएस करेगी। तुम बस से उतरकर सीधे टाटा सफारी में आकर बैठ जाओगे। वो लड़की, उसका भाई, उसके मम्मी-पापा सब वहीं उतर जाएँगे।

बालमदीन : क्यों? लड़के का जनेऊ नहीं करवाएँगे?

प्रीतमपाल : कहाँ का लड़का कहाँ का जनेऊ! अरे ये तो फिक्शन है, वो पात्र भी काल्पनिक हैं। सच्ची कहानी और चरित्रों से रिजैम्बलैंस सिर्फ एक इत्तफाक़ है।

बालमदीन : वो लोग कौन होंगे?

प्रीतमपाल : प्रोफेशनल रंगकर्मी!...जैसे मेरा सेलेक्शन एन.एस.डी. में नहीं हुआ ना ऐसे ही कितने टैलेंटेड लोग बाहर भटक रहे हैं। ये लोग सर्वाइवल के लिए पोलियो और एड्स जैसे विभागों के लिए नुक्कड़ नाटक करते हैं और इस तरह का स्टंट फिक्शन खेलते हैं!

बालमदीन : ये तो बड़ा रिस्की काम है। पैसा काफ़ी लेंगे!

प्रीतमपाल : नहीं! ये पिक्चर वाले थोड़ी हैं। रंगकर्मी हैं। एक चाय के लिए जान दे देते हैं। थियेटर में तो ऐसे हज़ारों गुमनाम शहीद हैं भाई! ये लोग ज़्यादा से ज़्यादा एक-एक समोसा और ले लेंगे। कुल चार समोसे चार चाय! क्या मैं तुम्हारी ज़िंदगी बचाने के लिए इतना कॉन्ट्रीब्यूशन नहीं दे सकता!

बालमदीन : मैं तुम्हारा एहसान नहीं भूलूँगा प्रीतमपाल!

प्रीतमपाल : एहसान तो मैं थानसिंह का नहीं भूलूँगा मेरे दोस्त! जिसने

मुझे तुम्हारी ज़िंदगी बचाने का मौक़ा दिया।

बालमदीन : अच्छा ये बताओ! बस अड्डे पर हम लोग कितनी देर रहेंगे?

प्रीतमपाल : बिल्कुल भी नहीं। उन लोगों के उतरते ही शालिनी ड्राइविंग सीट पर आ जाएगी। वो गाड़ी ड्राइव करेगी और तुम उसके बगल में बैठे सीधे शांतिकुंज हरिद्वार पहुँच जाओगे। वहाँ पूरे वैदिक विधि-विधान से तुम्हारा पाणिग्रहण संस्कार सम्पन्न हो जाएगा। फिर वहीं दीक्षा लेकर दोनों पति-पत्नी संस्कृति सेवा में समर्पित हो जाओगे।

बालमदीन : प्रीतमपाल! तुमने तो मेरे प्रेम को अध्यात्म का मार्ग दिखा दिया! धन्य हो दोस्त धन्य हो! ज़रूर जूली और तुम्हारा प्रेम देवलोक का प्रेम है। तभी तो तुमने प्रेम की इन ऊँचाइयों को पाया है। मैं तुम्हारा एहसान कभी नहीं भूलूँगा दोस्त कभी नंहीं भूलूँगा!

प्रीतमपाल : दोस्त! एहसान तो मैं थानसिंह का नहीं भूलूँगा...अच्छा वक़्त बहुत बर्बाद हो रहा है। एक-एक सेकंड क़ीमती है। मुझे प्रोफेशनल आर्टिस्ट से कान्टेक्ट करना है। उन्हें स्क्रिप्ट समझानी है।...उनके मेकअप का इंतज़ाम करना है। तुम जाकर शालिनी को ये पूरी बात समझा दो। ज़रूरत समझो तो उसे भी ये सब नोट करा दो।...दोनों अलग-अलग चलें। लोगों को ऐसा लगे कि तुम्हारे मेरे बीच भी मनमुटाव हो गया है।

बालमदीन : ठीक है!

प्रीतमपाल : ऑल द बेस्ट!

बालमदीन : थैंक्यू! **(चल देता है।)**

(प्रीतम उसे ओझल होने तक देखता है। फिर कुटिल मुस्कान बिखेरता है)

प्रीतमपाल : बालम! एहसान तो मैं थानसिंह का नहीं भूलूँगा! जिसके पागलपन ने मुझे ये गोल्डन चांस दिया है—मेरे और शालिनी के बीच से तुम्हें हटाने का। रही बात थानसिंह की तो उसकी मुझे परवाह नहीं। जब तुम्हारे जैसा ब्रिलिएंट स्कॉलर! भारतीय राजनीति के पुनरुत्थान का राजमार्ग बनाने वाला! मेरी

तिकड़मों की पगडंडी में भटक गया तो थानसिंह जैसा मूर्ख कुटिल षड्यंत्रों के दलदल में डूब ही जाएगा। थानसिंह—दिमाग़ से कम ज़िस्म से ज़्यादा, मेरी तिकड़मी चाल से पिटा हुआ प्यादा!

बालम! तुम्हारी शालिनी भी मेरी, तुम्हारे सपने भी मेरे होंगे! हर कुर्सी पर बैठे हुए मेरे अपने ही अपने होंगे। मान गया पिताजी आपको, निकले बड़े शातिर दिमाग़! बड़े-बड़े पढ़े लिखे भी मानेंगे आपको घाघ! ख़ानदान की नाक रखूँगा, नाम अपना चमकाऊँगा। सब झुक जाएँगे ज़मीन पर, मैं जिधर से भी निकलूँगा।

(जेब से मोबाइल निकालता है। नंबर मिलाता है, कान से लगाता है।)

(दृश्य समाप्त)

तृतीय दृश्य

डी.पी.जी के बंगले की भीतरी बैठक।

समय : शाम के छह-सात बजे।

पात्र : थानसिंह, डी.पी.जी, प्रीतमपाल सिक्योरिटी गार्ड्स।

(डी.पी.जी और थानसिंह एक पेपर पर नज़र दौड़ाकर एक-दूसरे को देखते हैं)

(थानसिंह को गोली चलाने का दौरा पड़ने लगता है। वो चिल्ला रहा है।)

थानसिंह : लाओ! गन पकड़ाओ! कहाँ मर गए!...देते क्यों नहीं...!

(सिक्योरिटी गार्ड थानसिंह को पकड़कर शांत करने की कोशिश करते हैं। प्रीतम की समझ में नहीं आता कि वो क्या करे, क्या न करे।)

(डी.पी.जी थानसिंह को शांत होने तक घूरते रहते हैं)

डी.पी.जी : थानसिंह! दिमाग़ से काम लो! तुम कमरे के अंदर हो। गोली चलाओगे तो कमरे का क्या हाल होगा!

(थानसिंह सोफे पर निढाल, पसर जाता है)

प्रीतमपाल : मैं क्या करूँ सर! मेरे लिए तो डूब मरने वाली बात हो गई। वो मेरे बचपन का दोस्त है। फिर भी मैं उसे समझा नहीं पाया। उस पर कोई असर नहीं हुआ सर! तीन दिन से लगातार समझा रहा हूँ। जितना समझा रहा हूँ उतना ही पगलाता जा रहा है। मैं बहुत गिल्टी फील कर रहा हूँ, सर!

डी.पी.जी : रिलैक्स! रिलैक्स! सज्जनता हमेशा शैतानों से हारी है। पेपर हाथ में लेकर, ये देखो! क्या प्लान बनाया है! लगता है किसी हाई टेक इंटरनेशनल आतंकवादी से हैल्प ली गई है। तुम्हें कहाँ मिला उसका ये शिड्यूल चार्ट?

प्रीतमपाल : सर! उसके पास मेरी नैतिक शिक्षा की किताब थी। दिन में लंच के समय मैं उसके कमरे में गया। ये कहकर उससे किताब वापस माँगी कि उन जैसे लोगों को नैतिक शिक्षा से क्या मतलब है। वो मुझसे बोला नहीं। बस किताब की तरफ़ इशारा किया, मैं किताब उठा लाया और कमरे पर रख दी। अभी थोड़ी देर पहले जब कमरे पर गया तो मूड बहुत डिप्रेस्ड था। सोचा इस किताब के एक आध चेप्टर पढ़ लूँ तो साइकोलॉजिकल असर पड़ेगा। पन्ने पलटने लगा। ये चार्ट हाथ लग गया, पढ़ा तो मेरे हाथ-पैर फूल गए। मैं दौड़ा-दौड़ा आपके पास आ गया। **(रोने लगता है)**

डी.पी.जी : रिलैक्स प्रीतम! रिलैक्स! बी प्रैक्टिकल! आज के ज़माने में इतना इमोशनल होना ठीक नहीं। सेंस्टिव होना चाहिए लेकिन सेंटी नहीं!

थानसिंह : पापा! इनको छोड़िए। कोई तरकीब सोचिए। नहीं तो वो शालिनी को उड़ा ले जाएगा।

डी.पी.जी : परेशान मत हो। दिमाग़ ठंडा रखो। ऐसा नहीं हो पाएगा। ...प्रीतम!

प्रीतमपाल : यस सर!

डी.पी.जी : कुछ राय दो क्या होना चाहिए?

प्रीतमपाल : क्या बताऊँ सर! मेरी कुछ समझ में नहीं आ रहा है।

थानसिंह : अच्छा ये बताइए! बालमदीन को निपटा दिया जाय तो आप ये सदमा बर्दाश्त कर लेंगे।

प्रीतमपाल : निपटा दिया जाय मतलब?

थानसिंह : ख़त्म कर दिया जाय। ऊपर पहुँचा दिया जाय।

प्रीतमपाल : नहीं बर्दाश्त कर पाऊँगा! न ये सदमा बर्दाश्त कर पाऊँगा। न उसका दोस्त होने का अफ़सोस बर्दाश्त कर पाऊँगा। आप मुझे भी ऊपर भेज दीजिए। आई विल बी हाइली ग्रेटफुल टु यू!

डी.पी.जी : प्रीतम सँभालो अपने आपको! तुम ऐसा काम करके दिखाओ कि उसके ना रहने पर हमें कोई अफ़सोस न हो।

प्रीतमपाल : ठीक है सर! आई विल ट्राइ माई वेस्ट! विल बिकम लायल एंड ऑनेस्ट।

डी.पी.जी : दैट्स लाइक ए गुड ब्वॉय!

थानसिंह : मगर उस बैड ब्वॉय का क्या करना है सोचिए ना!

प्रीतमपाल : देखिए! उसकी प्लानिंग के हिसाब से कल उसके पास ईमेल आ जायेगा। और वो अगला क़दम उठाएगा। थोड़ा क्वैश्चनिंग करके उसको छुट्टी अलाउ कर दीजिएगा। परसों जब शालिनी को गाड़ी लेने आएगी।...

थानसिंह : बस! बस! बस! मेरी गाड़ी पहले से ही बस अड्डे पर खड़ी रहेगी। एक गाड़ी शांतिकुंज से पहले धर्मप्रचार के झण्डे और बैनर लगाए हरिद्वार की ओर मुँह करके खड़ी रहेगी। जैसे ही बालम और शालिनी बस अड्डे से हरिद्वार की ओर बढ़ेंगे, मैं मोबाइल पर शांतिकुंज के पास खड़ी गाड़ी में अपने आदमियों को इनकी गाड़ी का नंबर और हुलिया बता दूँगा। और खुद इनकी गाड़ी के पीछे लग जाऊँगा। हरिद्वार पहुँचते ही मैं उस गाड़ी को फ़ोन कर दूँगा। वो इधर को बढ़ेगी मैं उधर को। बीच में बालम और शालिनी की गाड़ी! पास आने

पर उस गाड़ी से आदमी उतर कर बालम को बंदूक की नोक पर अपनी गाड़ी में बिठा लेंगे। और सीधे सहारनपुर ले जा के शाकुंभरी देवी मंदिर के आसपास जंगलों में छोड़ आएँगे। मैं शालिनी को अपनी गाड़ी में बिठा के, हरिद्वार में हरि की पैड़ी में छक के स्थान कराके, सारे पाप बहाके, यहाँ ले आऊँगा!

प्रीतमपाल : आप कितने दयालु इंसान हैं थानसिंह जी! धोखा पाकर भी आप बालम को जान से नहीं मार रहे हैं। उसे देवी माँ की शरण में छोड़ रहे हैं।

थानसिंह : आपकी वजह से! आप इतने अच्छे इंसान हैं। आपके साथ रहना है। आप मेरे काम आ सकते हैं इसलिए!

प्रीतमपाल : आप मेरे सच्चे दोस्त हो सकते हैं थानसिंह जी! अपने बचपन के दोस्त की जान बख़्शने का आपने जो उपकार मेरे ऊपर किया है मुझे उसका कर्ज़ चुकाने का ज़रूर मौक़ा दीजिएगा!

थानसिंह : **(थानसिंह के चेहरे पर चमक आती है)** पापा! आप जाकर आराम कीजिए। हम लोग अभी कुछ और बातें करेंगे!

डी.पी.जी : ठीक है! लेकिन अब गुस्सा न भड़कना चाहिए। प्रीतम ध्यान रखना।

प्रीतमपाल : जी सर! लेकिन गार्ड्स को बाहर रुके रहने को कह दीजिएगा। **(दोनों उठते हैं। डी.पी.जी के जाने के बाद फिर बैठ जाते हैं।) (थानसिंह भावुकता में उत्तेजित होने लगता है)**

थानसिंह : प्रीतमजी! बालम और शालिनी की प्रेम कहानी के साथ आप ये भी जान ही गए होंगे कि शालिनी मुझसे नफ़रत करती है और मेरी उसकी शादी होनी है!...कैसे पटेगी आपस में? मेरे पागलपन से उसे डर नहीं लगता और प्यार करना मुझे आता नहीं! मन में होता है! करना नहीं आता। बचपन से ही गोली-कट्टा खेला है ना! किसी के बैल की टाँग पर गोली चलाके मज़ा लिया तो किसी की भैंस की आँख पर पट्टी बाँध के। खेत, पनघट, तालाब! लड़कियाँ जहाँ हमको देखती थी उनके कँपकँपी छूट जाती थी। हम ऐसी उल्टी खोपड़ी

के! क्या बताएँ! जैसे भैंस को डराने में मज़ा लेते थे, वैसे ही लड़कियों को डराने में मज़ा लेते थे। वही आदत बन गई। इसलिए अब प्यार करना चाहते हैं पर क़र नहीं पाते। जैसे हम गाना गाना चाहते हैं, पर गा नहीं पाते। आप जैसे पढ़े-लिखे और कोमल दिल के आदमी सिखा सकते हैं कि प्यार कैसे किया जाता है और दूसरों की नफ़रत को प्यार में कैसे बदला जाता है!

प्रीतमपाल : इस काम में आपकी मदद करना मेरा मौरल मिशन होगा! मुझे गहरा सुकून मिलेगा। हालाँकि आप जितना बड़ा उपकार मेरे ऊपर करने जा रहे हैं उसके आगे मेरी ये मदद कोई मायने नहीं रखती। लेकिन ये ज़रूर होगा कि मैं आप जैसे महान आदमी से नज़र मिला के खड़ा हो सकूँगा।

थानसिंह : कितने अच्छे आदमी हैं भाई आप कितने अच्छे!

प्रीतमपाल : आप मुझे इतना अच्छा इसलिए मान रहे हैं—क्योंकि आप नहीं जानते आपने मेरे ऊपर कितना बड़ा उपकार किया है। चलिए मैं आपको कुछ टिप्स और प्लानिंग बताता हूँ जिससे शालिनी धीरे-धीरे आपकी ओर झुकती चली आएगी। एक दिन ऐसा आएगा कि आपके बिना उसका जीना मुश्किल हो जाएगा।

थानसिंह : कब आएगा? ऐसा दिन कब आएगा, कैसे आएगा? उसके लिए मुझे क्या करना होगा?

प्रीतमपाल : बता रहा हूँ बता रहा हूँ। क्या यहाँ पेन और पेपर होगा?

थानसिंह : पेन और पेपर? उसकी तो कभी ज़रूरत ही नहीं पड़ी मुझे। हाँ, गोली और बंदूक जितनी कहो, सेवा में हाज़िर कर दूँ तुरंत! फिर भी देखता हूँ अलमारी में कबाड़ पड़ा है शायद वहाँ पेन हो। **(उठकर अलमारी के पास से पेन, पेपर लाता है, टेबल पर लाकर रखता है।)** हाँ-हाँ! ये है न।

प्रीतमपाल : मैं बोलता जाता हूँ आप नोट करते जाइए!

थानसिंह : बोलिए प्लीज़!

प्रीतमपाल : नंबर-एक—प्रेमिका की पसंद पता करो।

नंबर-दो—वही पसंद करो, जो प्रेमिका पसंद करे।
नंबर-तीन—जो प्रेमिका पसंद करे वही उसे प्रजेंट करो!
नंबर-चार—उसी की प्रैक्टिस करो।
नंबर-पाँच—उसमें परफेक्ट बनो।...ये परफैक्ट प्रेम के पाँच परफेक्ट प्वाइंट हैं। समझ गए हैं ना!

थानसिंह : जी! बिल्कुल!

प्रीतमपाल : लेकिन मुसीबत ये है कि जो शालिनी जी को पसंद है उससे आपका दूर-दूर तक कोई वास्ता नहीं।

थानसिंह : यही तो मुसीबत है।

प्रीतमपाल : चिंता नहीं! जहाँ चाह वहाँ राह। ह्वैर देयर इज़ ए विल, दियर इज़ ए वे! शालिनी जी को पसंद है शालीनता! कोमलता! कहानी, उपन्यास, कविता! गीत-संगीत-चित्रकला!...मैं आपके लिए कविता लिख दूँगा, जिन्हें आप शालिनी जी को सुना सकें। मैं आपको गीत दूँगा, जिन्हें आप उनके लिए गा सकें। ...ज़रा ये बालमदीन वाला केस निपट जाय। बस आपके नाम से कुछ गीत लिखकर कुछ प्रोफेशनल गायकों से उन्हें गवाकर सी.डी. बनायी जाय। और शालिनी जी की बर्थ डे पार्टी में उसका विमोचन करवाया जाय उन्हीं गायकों का लाइव शो करवाया जाय। एक-आध प्रेस वालों को बुलाया जाय। उनसे उन कविताओं की तारीफ छपवाई जाय!...बस शालिनी जी आपके क़दमों पर! **(थानसिंह असामान्य हो उठता है। टहलने लगता है हाथ झटकने लगता है। अँगुलियाँ ऐंठने लगता है।)**

प्रीतमपाल : अरे ये क्या हो रहा है? आपको गोली चलाने का दौरा पड़ रहा है!

थानसिंह : चिंता मत करिए! ये गोलियाँ खुशी में चलना चाहती हैं। अरे लाओ! गन पकड़ाओ!

प्रीतमपाल : आप कमरे के अंदर हैं?

थानसिंह : लेकिन हम दुमंजिले में हैं। सीधे खिड़की के बाहर ऊपर को गोली चलाऊँगा। कोई नुकसान नहीं होगा। अरे लाओ! गन

पकड़ाओ!

(गार्ड आकर गन पकड़ाते हैं। थानसिंह ताबड़तोड़ गोलियाँ चलाता है।)

(दृश्य समाप्त)

चतुर्थ दृश्य

शाकुंभरी देवी मंदिर के आस-पास का जंगल।

समय : सूर्यास्त से कुछ पहले से प्रारंभ।

पात्र : बालमदीन, भगवावेश में तीन-चार गुंडे, सरपट, चार-पाँच डाकू।

(नेपथ्य में गुंडों की धमकियों और घुड़कियों का स्वर सुनायी पड़ता है। चार भगवावेशधारी गुंडे बालमदीन के सिर को काले कपड़े से ढके हुए, हाथों को पीछे से बाँधे हुए धकियाते लाते हैं। कुछ दूरी तक आकर रुकते हैं)

एक : ये है बच्चा तेरा परमधाम!

दो : जहाँ बसते हैं तरह-तरह के खूँखार जानवर!

तीन : या तरह-तरह के डाकू, किडनैपर!

चार : करते हैं आदमी का काम तमाम।

एक : बच गया तो तेरा भाग्य!

दो : और मर गया तो मुक्ति।

तीन : भक्ति में ही शक्ति है

चार : और शक्ति में ही भक्ति!

(ये कहते हुए उसे चारों एक साथ लात मार कर गिरा देते हैं। और ओझल हो जाते हैं।)

(बालमदीन कराहता हुआ उठता है। ढलते सूरज की रोशनी उसके चेहरे पर पड़ती है तो ऐसा लगता है साक्षात् दुर्भाग्य

बालमदीन का रूप धर कर बैठा हुआ है। वो धीरे-धीरे घुटनों के बल बैठकर चारों ओर देखता है। फिर आसमान को देखता है।)

बालमदीन : ऐ मेरे पावन प्रेम की तरह स्वच्छ, नीले विराट आकाश! ऐ मेरे धीरज की तरह धरती को बाँधी दिशाओ! साक्षी बनो तुम मेरे दुर्भाग्य के! इससे पहले कि अँधेरा मुझे विलीन कर दे इन झाड़-झंखाड़ों में तुम मेरे हृदय पर बने पर्वत जैसे घावों का चित्र उतार लो! पता नहीं किस पल मेरी जीवन लीला ख़त्म हो जाय! सुन सको तो सुन लो मेरी प्रेमवेदना का करुण गान! सुनाना उसे तुम फिर रात भर सितारों को। ताकि तुम्हारे अपने हृदय में भी यह अच्छी तरह उतर जाय। क्योंकि तुम्हें पनाह देनी है मानवता को युग-युगों तक। रक्षा करनी होगी तुम्हें प्रेम के पावन पराग कणों की। बिना प्रेम वेदना का एहसास किए, ये काम नहीं संभव होगा! इसीलिए मरने से पहले मैं अपनी प्रेमवेदना का दान कर रहा हूँ तुम्हें!

(तभी डाकुओं का भयंकर अट्टहास)

(डाकू प्रवेश करते हैं।)

एक : अरे! ऐसे घनघोर जंगल में आ रखा है तू दान करने।

दो : अरे छोरे! इतनी कम उम्र में मरने आ गया।

तीन : कुछ दिन और खा-पी लेता! तब कर लेता दान।

चार : चल फिर निकाल ना जो कुछ है। कहीं पेड़-वेड़ के पीछे छिपा रखा है क्या?

एक : चलो! चलो! टटोलो इसको। देर हो रही है।

(बालम को चारों लोग बुरी तरह टटोलते हैं। कुछ न मिलने पर हैरान रह जाते हैं।)

एक : ताज्जुब है! कुछ भी नहीं! कुछ तो होता! मोबाइल, आई कार्ड, ए.टी.एम. कार्ड, क्रेडिट कार्ड!

दो : कौन साले हमसे पहले लूट ले गए इसको!

तीन : **(उन्मादित होकर जंगल के चारों और देखता है)** अरे! कौन हरामी हमारे एरिया में आके भाँजी मार रहे हैं!

चार : दग़ाबाज़ों डाकुओ के भी कुछ उसूल होते हैं। बिना उसूलों के जंगल में ज़िंदा कैसे बचोगे!

एक : सब साले पॉलिटिक्स की राह पर चल पड़े हैं! आत्मसमर्पण करके एम.पी. का चुनाव लड़ोगे नपुंसको!! नामर्दो!!

दो : बोल बे! कौन थे वे जो लूटकर तुझे यहाँ डाल गए?

तीन : या फिर किसी की 'पकड़' तो नहीं है तू?

चार : 'पकड़' होगा तो यहीं कहीं छिपे होंगे साले!

एक : बोल बे! कितना मँगवाया है घर से?

दो : असामी तो बड़ा ही लग रहा है। बता...बक्सा कि अटैची?...

एक : ऐसे क्या समझेगा यार! बता...करोड़ कि लाख?

तीन : हमको बता मूर्ख! हमको बता! अब तू हमारी पकड़ है।

चार : **(बहुत उद्धत होकर)** चलो! तुम लोग एरिया कवर कर लो। मैं देखता हू इसे!

(तीनों एक घेरा बनाकर बाहर की ओर मोर्चा ले लेते हैं।)

चार : **(बालम को घसीटते हुए)** चल यहाँ नीचे बैठ। आड़ में। बता जल्दी! **(जेब से मोबाइल निकालता है)** अरे बाँगडू! समझ नहीं पा रहा है क्या? तेरी ज़िंदगी अब हमारे हाथ में है। एल पचीनो की औलाद! लोग जान बचाने के लिए क्या-क्या कर जाते हैं। **(मोबाइल अनलॉक करता है)** चल बता! अपने बाप का फोन नं. और पता! **(लात मारकर)** अबे बोलता क्यों नहीं?

बालमदीन : मार डालिए मुझको बिल्कुल मार डालिए! जो मुझे यहाँ डाल गए हैं, मर जाने के लिए ही डाल गए हैं।

चार : धत् तेरे की! गॉड फॉदर के नाती! लुटा-लुटाया बैठा यहाँ पिकनिक मना रहा है! **(साथियों से)** अरे ये तो फ्यूज बल्ब है यार! बताओ फोड़ दें कि छोड़ दें?

एक : क्यों बेकार मेहनत करनी है। अपने आप ही फूट जाएगा! चलो! **(सब जाने लगते हैं)**

बालमदीन : **(तड़पकर)** भाई साहब! मुझे मारकर जाइए भाई साहब! अब एक सेकंड भी जीना मौत से बड़ी तक़लीफ़ दे रहा है। भाई

साहब! मुझपर कृपा कर दीजिए! मुझे मुक्ति दे दीजिए! भाई साहब! मुक्ति दे दीजिए!

(चारों डाकू पलटते हैं। बहुत गहरी सोच और भावुकता के साथ धीरे-धीरे बालम की ओर बढ़ते हैं। उसको घेरकर धीरे-धीरे नीचे बैठते हैं। बड़ी सहानुभूति से कोई बालम के सिर पर, कोई कंधे पर, और कोई पीठ पर हाथ रखता है।)

एक : तो! लूटपाट की कोई बात नहीं!

बालमदीन : रुपयों की लूटपाट नहीं! मेरी ज़िंदगी लूट ली गई है।

दो : धोखा हुआ है बहुत बड़ा?

बालम : धोखा! विश्वासघात! फरेब! षड्यंत्र!! सब कुछ हुआ है मेरे साथ! मेरे सबसे गहरे और इकलौते दोस्त ने किया है ये सब! और लूट ली मेरी ज़िंदगी! मेरा प्रेम! मेरी ख़ुशी!

तीन : हम लोग भी अपने दिल में यही घाव सहेजे भटक रहे हैं।

चार : हम छले गए! बलि का बकरा बनाए गए। तब मजबूर हुए इन जंगलों की खाक छानने को।

एक : उधर जीने की कोई सूरत नहीं बची तो आपस में हाथ मिला लिया और चले आए इधर!

दो : तुमने वाकई सबसे बड़ा दर्द पाया है, अपने ख़ास दोस्त से ही धोखा खाया है।

तीन : अपने दिल की सबसे बड़ी अमानत को गँवाया है।

चार : भाई तुम बहुत पढ़े-लिखे लगते हो! ऊँचे ख़यालों और करेक्टर के लगते हो। तुम हमें सही राह दिखा सकते हो। अपनी मंजिल से भटकने से बचा सकते हो। हमारी ताक़त को एकजुट रख सकते हो। हमारे मिशन को कामयाब बना सकते हो! हमारी एक रिक़्वेस्ट मान जाओ!

बालमदीन : मरते आदमी से क्या चाहते हो भाई?

चार : ज़िंदगी की उम्मीद! जीने का फैसला!

बालमदीन : अब जीकर क्या होने वाला है?

चार : करने वाला तो ऊपर वाला है। हमें सिर्फ़ पूरी मेहनत और लगन से कोशिश करनी होती है। अपनी मंज़िल तक पहुँचने

की ईमानदार कोशिश!

बालमदीन : मुझे क्या कोशिश करनी है?

चार : कोशिश हम सब मिलकर करेंगे। तुम बस हमारी बात मान जाओ!

बालमदीन : बोलो!

चार : हमारे लीडर बन जाओ!

बालमदीन : ये कैसे हो सकता है? ये सब तो मुझे नहीं आता है।

चार : हम सिखा देंगे। तुम बस हाँ कर जाओ!

तीनों : हाँ भाई! हाँ कर जाओ!

दो : भई! यहाँ भूखे-प्यासे दम तोड़ के या जंगली जानवरों का निवाला बन के तुम क्या हासिल कर लोगे?

एक : तुम मुक्ति की बात करते हो! किसने देखी है मुक्ति? क्या होती है मुक्ति?

चार : मौत के बाद तो तब मुक्ति मिलेगी भाई जब हम ज़िंदगी में मुक्त होंगे।

तीन : इतनी मुसीबतों, इतने अत्याचारों, ग़मों-परेशानियों के बोझ तले दबकर मरने से कहाँ मुक्ति मिलेगी!

चार : क्या सोच रहे हो?

बालम : मुझे मंजूर है! **(चारों लोग खुश होकर हवा में गोली चलाते हैं)** लेकिन एक शर्त है?...**(सब चौंककर उसे देखते हैं)** हम कभी औरतों को बेइज़्ज़त नहीं करेंगे, चाहे वो औरत कितनी ही दुष्ट और नीच हो!

चारों : मंजूर!

बालमदीन : ईमानदार आदमी को न सताएँगे न लूटेंगे चाहे वो कितना ही अमीर हो!

चारों : मंजूर है!

बालमदीन : अपने दुश्मनों के शरीफ़ घरवालों को परेशान नहीं करेंगे!

चारों : ये भी मंजूर है!

बालमदीन : तो मुझे भी मंजूर है!

(सब भैया की जय का नारा लगाते हैं। एक-एक कर गन

बालम को पकड़ाते हैं और फायर करवाते हैं।

(तभी कुछ दूर धुँधलके में सरपट प्रकट होता है)

सरपट : **(पुकार लगाते हुए)** छोटे मालिक...क! छोटे मालिक...क!! छोटे मालिक! **(दौड़ता हुआ क़रीब पहुँच जाता है)**

बालमदीन : सरपट तुम यहाँ कैसे?

सरपट : छोटे मालिक! मैंने कहा था ना शालिनी जी और आपकी चाहत! ले आएगी कोई आफत! न शालिनी जी ने सुना, न आपने तो मैं रूठकर निकल गया।

बालमदीन : रूठकर सीधे यहीं चले आए?

सरपट : नहीं! दो-तीन दिन मेरठ में कुछ काम खोजता रहा। नहीं मिला। आज सुबह मायूस होकर दिल्ली लौट जाने के लिए बस अड्डे पर खड़ा था तो आपको दिल्ली से आने वाली बस में बैठा देखकर मेरा माथा ठनका! आप नीचे उतरकर इधर-उधर देखते हुए एक टाटा सफारी में बैठ गएँ! मेरा माथा ठनका! टाटा सफारी से कुछ अजीब-अजीब से लोग बाहर आ गए! माथा और ठनका! गाड़ी हरिद्वार की तरफ बढ़ी, माथा और ठनका! थानसिंह की स्कार्पियो पता नहीं कहाँ से आई और आपकी गाड़ी के पीछे लग गई। माथा पूरा का पूरा ठनक गया। वहीं पर एक क्वालिस टैक्सी खड़ी थी। मैंने ड्राइवर से कहा भैया! मेरे पास पाँच हज़ार रुपया है। तुम इस गाड़ी के पीछे लग जाओ। चाहे चार किलोमीटर बाद मेरा काम हो जाय, चाहे दिन-रात चलना पड़े पाँच हज़ार में ठेका। हाँ! कल सवेरे वापस इसी बस अड्डे पर डाल जाना और मेरी जेब में दिल्ली तक का किराया भी डाल देना। मालिक! ये ड्राइवर भी दुनिया में एक ही निकला! आपका पीछा करते-करते यहाँ तक पहुँचा दिया। रास्ते में कोई मसाला नहीं, कोई चाय नहीं। बंदा सीना चौड़ा करके इन...इन धार्मिक राजनैतिक माफियाओं से टक्कर लेता हुआ चलता रहा चलता रहा चलता रहा! और जहाँ पर आपके अगुवाकारियों ने अपनी सफारी रोकी उसी से कुछ पहले एक बड़ी झाड़ी के अंदर

अपनी क़्वालिस धँसा दी! आपको यहाँ डाल के वे लोग रफूचक्कर हुए तो मैं क़्वालिस से बाहर निकला। ड्राइवर बोला जाके देख-दाख आओ! एक-आध घंटा मिल आओ! मैं तब तक एक नींद मार लूँ। कह रहा था अगर आप भी वापस आना चाहें तो आपको भी मेरठ बस अड्डे पर छोड़ सकता है।

बालमदीन : तुम यहाँ आए क्यों इतना रिस्क उठा के?

सरपट : आपको समझाने! कि आप डी.पी. जी के यहाँ छोड़ दीजिए नहीं तो आए दिन यही होगा। भूल जाइए ऐसा कैरियर-फैरियर! चल के अपनी खारी बावली में रहिए और चाँदनी चौक वाली दुकान पर बैठिए शान से। सब लोग कैरियर के बारे में आपकी तरह सोचने लगे तो दुकानों पर कौन बैठेगा! दुकानों पर कोई नहीं बैठेगा तो दुकानें बैठ जाएँगी! दुकानें बैठ जाएँगी तो पूरी मार्केट बैठ जाएगी। मार्केट बैठ जाएगी तो सेंसेक्स डूब जाएगी और सेंसेक्स डूब जाएगी तो दुनिया क्या खाएगी, क्या पहनेगी, क्या नाचेगी, क्या पिएगी, क्या नहाएगी! तो मालिक! आज के ज़माने में दुकानदारी ही सबसे आन बान शान का काम है। चलिए! निकल चलिए। ड्राइवर से कहते हैं अब यहाँ से सीधे खारी बावली ही ले चले! ठेके की शर्तें निगोसिएट कर लेंगे।...और आप लोग कौन हैं? हाथ में ऐसे असलहे हैं। फिर भी अगुवा हुए बैठे हैं! धिक्कार है आपको। भाई साहब आप लोग क्यों नहीं समझते! कितना रिस्क वाला कैरियर चुना है आप लोगों ने! चलिए आप लोग भी अपनी-अपनी दुकानों पर जाके बैठ जाइए!

बालमदीन : सरपट! सब लोग तुम्हारे हिसाब से चलके अपनी-अपनी दुकानों पर बैठ जाएँगे तो ख़रीदेगा कौन! कोई ख़रीदेगा नहीं तो दुकानदार क्या बेचेंगे! दुकानदार कुछ बेचेंगे नहीं तो क्या करेंगे!...मक्खियाँ मारेंगे?

इसलिए अब जैसा मैं कहूँ वैसा करो! हम लोग तब पब्लिक में आएँगे जब सही मौक़ा आएगा। देश को बचाने के लिए

कुछ दिन ऐसे रहना ज़रूरी हो गया है।...कल के अख़बारों और चैनलों की सुर्खी बनेगा—आज का ये कांड! हो सकता है कहीं लाइव टेलीकास्ट ना हो रहा हो! हा-हा-हा!
आजकल तो हर चीज़ एडवांस हो गई है ना!...समझ रहे हो ना! तो तुम जाके तुरंत दिल्ली घर पर फ़ोन कर दो कि छोटे मालिक किसी अख़बार में, किसी चैनल की किसी भी ख़बर पर आएँ तो घबराएँ नहीं। छोटे मालिक बिल्कुल ठीक हैं। ये भी हो सकता है कि ये ख़बर बिल्कुल दबा दी जाय और ये ख़बर फैला दी जाय कि बालमदीन को पॉलिटिकल मैनेजमेंट की दो साल की एडवांस ट्रेनिंग दिलाने के लिए अमरीका भेजा गया है। और दो साल बाद कह दिया जाएगा वो वहीं किसी साफ़्टवेयर कंपनी में काम करने लगा है। जो कुछ भी हो सब चुप रहें कोई परेशान न हों। हम कुछ दिन गुप्त साधना करेंगे फिर सामने आ जाएँगे। मैं दो-तीन दिन में घर फ़ोन करके सब समझा दूँगा।
तुम, मैं, शालिनी, घर वाले सब टच में बने रहेंगे। बस तुम वापस जा के प्रीतम को पटा-पुटू के डी.पी.जी के यहाँ ही काम करते रहो। और हाँ प्रीतम को कहना कि वो मेरे बारे में ऐसी ख़बर फैला दे जैसा मैंने कहा। वो ख़ुश हो जाएगा। तुमको अपना आदमी समझेगा। चलो! तुम्हारे ड्राइवर से मिल लेते हैं।

साथी एक : मिल क्या लें! रिक्वेस्ट करके थोड़ी दूर तक लिफ़्ट ले लें!

साथी दो : सवेरे से बेचारा कुछ खाया-पिया नहीं है!

साथी तीन : तो ठीक है! कुछ खिला-पिला के विदा करेंगे!

साथी चार : खिला-पिला के! हा! हा! हा!

(हवा में फायर करते हुए चल पड़ते हैं।)

(दृश्य समाप्त)

तृतीय अंक

दृश्य एक

दिल्ली-6 में जूली के फ्लैट की बालकनी।
समय : सुबह 7 बजे।
पात्र : जूली, लाली।

(जूली अपनी बालकनी में पेपर पढ़ने बैठी है। उसके सामने अख़बार और चाय का कप रखा है। वह मोबाइल पर बहुत अधीरता से बात कर रही है। बात पहले से चल रही है।)

जूली : ओ.के.! ओ.के.! बिल्कुल मैं एक घंटे में तैयार होकर पहुँचती हूँ **(मोबाइल डिस्कनैक्ट कर)** लाली! लाली! इधर आओ! जल्दी इधर आओ!

लाली : **(प्रवेश करते हुए)** क्या हुआ छोटी मैडम?

जूली : मैं प्रीतम से मिलने जा रही हूँ। मेरठ जाने का मौक़ा निकल आया!

लाली : लेकिन डी.पी.जी. का इस्टेट तो मेरठ के आगे किसी क़स्बे के पास है ना!

जूली : हाँ-हाँ! वहीं डी.पी.जी. के यहाँ ही जा रहे हैं वो लोग!

लाली : कौन लोग?

जूली : मेरी वही फ्रैंड जो न्यूज़ चैनल में है। किसी कवरेज के सिलसिले में टीम ले के जा रही है। उसी के साथ जा रही हूँ!

लाली : चलो प्रीतम जी ने आख़िर आपको बुला ही लिया! इतने

महीनों से कोई कॉन्टेक्ट नहीं। ना कोई लेटर ना कोई फोन! मैडम मैं तो मन ही मन बहुत शर्मिंदा थी। अपने को कोसती थी। आपसे नज़र मिलाने की हिम्मत नहीं कर पाती थी।

जूली : क्यों?

लाली : मैंने ही तो आपको प्रीतम जी के लिए सजेस्ट किया था। और वो ऐसे निकल गए! कैसे दीवाने थे आपके प्रेम में! और खुद आपको दुष्यंत की तरह भूल गए!...वो तो कहिए उन्हें आपके साथ गंधर्व विवाह करने का मौक़ा नहीं मिला। नहीं तो आज...आपकी गोद में...एक भरत खेल रहा होता!

जूली : शटअप!...मैं शकुंतला नहीं हूँ समझी!

लाली : सॉरी मैडम! लेकिन प्रीतम जी तो पक्के दुष्यंत ही निकले! हो ना हो उस जन्म के दुष्यंत वही हों!

जूली : ये कैसे कह सकती है तू?

लाली : दुष्यंत की राजधानी हस्तिनापुर, मेरठ के पास ही तो थी ना। इसलिए तो प्रीतम जी वहाँ गए हैं।

जूली : अरे दुष्यंत के बारे में इतना सब तू कैसे जानती है?

लाली : कल टी.वी. में एक नाटक आ रहा था—अभिज्ञान शाकुंतल! उसी की स्टोरी है ये। दुष्यंत तो बिल्कुल चंकी पांडेय लग रहा था। शकुंतला बनी थी वो! वो धड़कन पान मसाला वाली।

जूली : अच्छा ठीक है ठीक हैं। मेरा सामान तैयार कर दे! जल्दी से नाश्ता बना दे! मुझे तुरंत निकलना है।

लाली : बधाई हो मैडम!

जूली : किस बात की बधाई?

लाली : शकुंतला तो दुष्यंत के दरबार में गई तब भी उसे उसकी याद न आई। उल्टे पहचानने से ही इंकार कर दिया। आप वहाँ गई ही नहीं फिर भी दुष्यंत ने...मेरा मतलब प्रीतम जी ने आपको बुला लिया।

जूली : प्रीतम ने कहाँ बुलाया लाली! मैं ख़ुद ही जा रही हूँ।

लाली : क्या? बिना बुलाए जा रही हैं? मुझे डर लग रहा है मैडम!

कहीं वो बदल न गए हों। कहीं आपसे उनकी बहस हो गई तो! गरमागरमी हो गई तो!...वो तो दबंगों, माफियायों का इलाक़ा है। मेरी मानिए ऐसे मत जाइए! किसी तरह से पहले उनके बारे में पता कर लीजिए। तब जैसा सही हो वैसा कीजिए।

जूली : दबंग और माफिया तो पूरे हिंदुस्तान में हैं लाली! मुझे अपने प्यार पर पूरा भरोसा है। ये सच है कि प्रीतम जब से गया उसने मुड़कर नहीं देखा। ये भी तो हो सकता है कि वह अपने काम से बुरी तरह घिर गया हो। तुम जानती हो घर वालों ने उस पर कितना प्रेशर डाला है। उसी प्रेशर में पता नहीं वह ढंग से खा रहा है कि नहीं! सो भी रहा है कि नहीं!...हो सकता है वो मुझसे उम्मीद लगाए बैठा हो कि मैं उसे फ़ोन करूँगी! एसएमएस करूँगी...मैंने भी तो ये सब नहीं किया। उसके कान, उसका ध्यान, और उसकी जान सब फ़ोन पर ही लगे रहते होंगे...काम करते-करते उसे झटका लगा रहता होगा! वो गुलदस्ते के ऊपर सजाकर रखे अपने मोबाइल को देखता होगा बार-बार! और मायूस होकर फिर से अपने काम में डूब जाता होगा। (**रोने लगती है**) लेकिन उसने भी तो आजतक एक भी फोन—एक भी एसएमएस नहीं किया!

लाली : हाँ। उनको करना चाहिए था ये सब, आप तो लड़की हैं!

जूली : लेकिन मैं इतने भी पुराने ख़यालातों की नहीं हूँ कि लड़की होने के कारण प्रेमी को फ़ोन भी ना करूँ!

लाली : तब क्यों नहीं किया?

जूली : इसका उत्तर मेरे पास नहीं लाली!

लाली : ठीक है। मगर मैं आपको जाने देने की हिम्मत नहीं कर सकती। एक हफ़्ते बाद साहब लोग आ जाएँगे आप फिर चली जाना!

जूली : मैं इतनी भी एडवांस नहीं होना चाहती कि माँ-बाप को बता के प्रेमी से मिलने जाऊँ! बात आगे बढ़ेगी तो मैं मम्मी-पापा

को साथ लेकर वहाँ जाऊँगी!

लाली : ऐसा है जाय तो अच्छा है। पर अभी आपके वहाँ जाने में ख़तरा भी हो सकता है।

जूली : डरने की कोई बात नहीं लाली! मैं न्यूज़ चैनल की गाड़ी में जा रही हूँ उनकी टीम के साथ।

लाली : आपको पक्का मालूम है कि ये लोग डी.पी.जी के यहाँ ही जा रहे हैं।

जूली : हाँ! फ़ोन पर बताया है न मेरी फ्रैंड ने!

लाली : क्यों जा रहे हैं, कोई चुनाव-वुनाव होने वाले हैं क्या?

जूली : नहीं! डी.पी.जी के किसी बड़े कार्यकर्त्ता ने एक गीत की किताब लिखी है। उसी किताब के कुछ गीतों की सीडी बनी है। दोनों का विमोचन होना है।

लाली : विमोचन?

जूली : हाँ! मतलब पहली बार पब्लिक के सामने दिखाएँगे उनको!

लाली : वहीं मेरठ के गाँव में?...यहाँ टी.वी. में नहीं आएगा?

जूली : नहीं!...और सीडी के गाने जिसने गाए हैं उसको भी वहाँ बुलाया है। वो गीत गाकर सुनाएगा!

लाली : अरे! वो भी वहीं! टी.वी. में नहीं गाएगा?

जूली : थोड़ा सबर कर टी.वी. की मरीज़! पहले वहाँ गा लेगा फिर गाएगा टी.वी. में!

लाली : बहुत बड़ा आदमी है क्या उसके लिए न्यूज़ वाले वहाँ जा रहे हैं?

जूली : ज़रूर बड़ा होगा! बड़ा मज़ा आएगा! मैंने सोचा है मैं भी फ्रैंड की तरह चैनल रिपोर्टर बनकर वहाँ जाऊँगी। मैं प्रीतम को सरप्राइज़ दूँगी। ऐसा हुलिया बनाकर जाऊँगी कि प्रीतम पहचान नहीं पाएगा। जल्दी कर लाली! तू किचन में जा! मैं जाती हूँ—बाथरूम में!

(दृश्य समाप्त)

दृश्य दो

डी.पी.जी. के बंगले के बाहर का लॉन!

समय : शाम के छह-सात बजे।

पात्र : थानसिंह, प्रीतम, न्यूज़ चैनल रिपोटर, कैमरामैन, प्रिंट मीडिया रिपोर्टर, जूली (वेश बदलकर), सरपट, डी.पी.जी, सिक्योरिटी गार्डस, बाबाओं के वेश में बालम सिंह और उसके चार साथी।

(लॉन में एक तरफ पाँच-छह कुर्सियाँ बिखरी हुई सी लगी हैं। स्टैंड पर कैमरा लगा हुआ है। पार्श्व में मंद-मंद मधुर संगीत बज रहा है। रिपोर्टर, कैमरामैन और जूली कुर्सियों पर बैठे हुए हैं। जूली ने पैंट और फुलस्लीव शर्ट पहनी हुई है। सिर पर सामने बालों का एक गुच्छा सा लटका रखा है। जिससे उसका पूरा माथा ढका हुआ है। बड़े फ्रेम का प्लेन गॉगल लगा रखा है। सिर पर कैप है, गले में मफलरनुमा स्कार्फ लटका रखा है। पैरों में स्पोर्टस शूज़ हैं। हाथ में नोटबुक-पैन है। इस तरह जूली पहचान में नहीं आ रही है। थानसिंह और प्रीतम बड़ी प्रसन्नमुद्रा में टहलते हुए बात कर रहे हैं। जूली और उसकी फ्रेंड चैनल-रिपोर्ट्र बार-बार प्रीतम की ओर देखती हैं फिर खिलखिलाती बात करती हैं। जूली प्रीतम को बार-बार देखती रहती है।)

चैनल रिपोर्टर और प्रिंट मीडिया रिपोर्टर आपस में कुछ मंत्रणा करते हैं। घड़ी देखकर आपस में कुछ निश्चय करते हैं। प्रिंट रिपोर्टर थानसिंह की ओर बढ़ता है। चैनल रिपोर्टर अपने कैमरामैन से कैमरा तैयार करने के लिए कहती है।

उपरोक्त समस्त बातचीत माइम में हो रही है। इस दौरान बज रहा संगीत पूरे माहौल को उल्लास से भर देता है।)

प्रिंट रिपोर्टर : (थानसिंह और प्रीतम के पास पहुँचकर) थानसिंह जी! अभी तो प्रोग्राम शुरू होने में काफी देर है। आपके सिंगर और म्यूजिशियन भी नहीं आए हैं। डी.पी.जी. भी नहीं आए हैं

जिनको किताब और सीडी का विमोचन करना है। इसलिए हम लोग तब तक आपका इंटरव्यू ले लेते हैं। **(जूली, प्रीतम को अपनी ओर आता देखकर रोमांचित हो उठती है। वह तिरछी नज़र से उसको देखती रहती है)**

(सब कुर्सियों पर बैठते हैं। चैनल रिपोर्टर थानसिंह को इशारे से कैमरे के सामने वाली कुर्सी पर बिठाती है।)

(प्रीतम सबकी नज़र बचाकर मोबाइल के बटन दबाता है। फिर मोबाइल जेब में डालता है। हाथ से छोड़ता नहीं। हाथ जेब में ही रहने देता है)

चैनल रिपोटर : **(मुस्कुराते हुए)** कहाँ से शुरू करें?

थानसिंह : कहीं से भी!

(तभी प्रीतम का मोबाइल बज उठता है। ये बेल वो खुद करता है)

प्रीतम : सॉरी! **(मोबाइल निकालकर देखता है)** बहुत ज़रूरी फोन आ गया है।

कैमरामेन : बाक़ी लोग मोबाइल साइलेंस मोड पर कर लें प्लीज़!

(प्रीतम वहाँ से हटकर लॉन के दूसरे कोने में आ जाता है। जूली उसे देखती है। फिर बाक़ी रिपोर्टर्स की तरह नोटबुक, और पेन लेकर इंटरव्यू नोट करने बैठ जाती है।)

प्रीतम : **(प्रीतम तेज़ी से नंबर मिलाता है। मोबाइल कान से लगाता है।)** हाँ! सरपट कहाँ मर गया? वो प्रिंट मैटीरियल लेकर ज़ल्दी पहुँच!...हाँ! उन्होंने इण्टरव्यू पहले ही शुरू कर दिया है।...नहीं शालिनी अभी अपने कमरे में ही है। तू पंद्रह मिनट के अंदर-अंदर पहुँच और ऊपर कमरे में जाकर शालिनी को मैटर पकड़ा दे!...**(कुटिल मुस्कान के साथ मोबाइल बंद कर देता है। फिर तिरछी नज़र से उधर देखकर मोबाइल झूठ-मूठ कान से लगा लेता है।)**

थानसिंह! दे ले बेटा इंटरव्यू! आज तेरा भी खेल ख़त्म हो जाएगा! ये इंटरव्यू तेरे गले की हड्डी बन जाएगा। तू दे तो सही चबा-चबाकर इंटरव्यू! कुछ ही मिनटों बाद आसमान

से बिजली गिरेगी और तुझे जलाकर राख कर देगी। इस किताब...और सीडी के विमोचन की नौबत ही नहीं आएगी। ये वो गीत हैं जो बालमदीन ने शालिनी के लिए लिखे थे। उस गीत का एक-एक शब्द शालिनी ने अपने दिल में सजा रखा है। अरे ईडियट! मैंने सरपट के चले जाने के बाद भी उसे खोज-खोजकर शालिनी की नौकरी में इसीलिए लगवाया कि मैं उसके सहारे तुम्हें जाल में फँसा सकूँ! बालमदीन और शालिनी के बीच के असली विलेन तो तुम्हीं हो ना। और सरपट अपने मालिक बालमदीन को कितना चाहता था। वो ख़ुद तुमसे अपने मालिक का बदला लेने के लिए पगलाया है। इसीलिए उसने इस साज़िश में ख़ुशी-ख़ुशी मेरा हाथ बँटाया है। मैंने सरपट से कह कर शालिनी के पास जो गीत लिखे रखे थे बालमदीन के, उनको मँगवाया। उनकी फोटोकॉपी कराई। फिर अपनी हैंडराइटिंग में उतारा! फिर तुम्हें दिखाया कि ये मैंने तुम्हारी ओर से शालिनी के लिए लिखे हैं। लेकिन प्रेस में वही फोटोकॉपी भेजी। वही फोटोकॉपी लेकर सरपट आ रहा है। वो फोटोकॉपी वो शालिनी को देकर बताएगा यही गीत किताब में छपे हैं। शालिनी उन गीतों का ऑरिजिनल और कॉपी लेकर इंटरव्यू टीम के पास आएगी। मीडिया को दिखाएगी और तुम बिलबिला जाओगे। तुम कह नहीं पाओगे कि ये प्रीतम ने लिखे हैं। कहोगे तो उसका दिल कैसे जीत पाओगे! कह भी दोगे तो मैं मुकर जाऊँगा। शालिनी भी सच न मानेगी! अरे स्टुपिड! मैं ख़ुद शालिनी का प्रेम पुजारी हूँ। बालमदीन की तड़ीपारी के बाद मैं कितनी बार शालिनी से प्रेम निवेदन कर चुका हूँ। वो जानती है मैं उसके प्यार में कितना पागल हूँ। वो कैसे मानेगी कि मैं दूसरे के लिए उसके नाम प्रेमगीत लिखूँगा! भले ही वो चुराए हुए क्यों न हों!

(तभी दूसरी ओर जहाँ इंटरव्यू चल रहा है, शालिनी और सरपट प्रवेश करते हैं।)

(इस प्रकरण को अनुकूल संगीत प्रभाव के साथ दिखाया जाए)

प्रीतम : **(उधर देखते हुए)** हे भगवान! अब जो धमाका होने वाला है, वो मेरे प्यार के रॉकेट को अंतरिक्ष में पहुँचाएगा। मुझे इस एक सेकंड के धमाके को झेलने की ताक़त दे दो भगवान!

(उधर थानसिंह अपमान से उन्मादित हो जाता है)

(रिपोर्टर्स चौंककर उठ पड़ते हैं। कैमरामैन इस विशेष दृश्य को अतिरिक्त क्रिएविटी के साथ कवर करने लगता है)

थानसिंह : **(ऊँचा चिल्लाकर उठ पड़ता है)** प्रीतम!...प्रीतम! ये क्या हो गया प्रीतम! देखो चैनल के सामने मेरी पोल खुल गई!... और ये शालिनी क्या अनाप-शनाप बक रही है!...आकर बता दो न ये गीत तुमने लिखे हैं मेरे लिए!...आह क्या चाहा था! क्या मिला! मैंने बेकार इस काम में हाथ डाला!...मैं जानता था ये काम मुझसे नहीं हो सकता! बचपन से ही गोली कट्टा खेला है! मैं गीत-शीत कैसे लिख सकता था! मैं क्यों प्यार-व्यार के चक्कर में पड़ा!...शादी तो होनी ही थी फिर देख लेता! प्रीतम...आकर बताते क्यों नहीं? ये गीत मेरे नाम रो तुमने लिखे हैं! आकर बता दो! आकर बता दो! नहीं तो मुझे गोली चलाने का दौरा पड़ने वाला है!

(प्रिंट मीडिया रिपोर्टर बहुत तेज़ी से लिखने लगता है। चैनल रिपोर्टर प्वाइंट्स नोट करती रहती है। जूली बहुत घबड़ा-सी गई है। शालिनी और सरपट बहुत दृढ़ता से पूरा नज़ारा देखते रहते हैं)

(इधर प्रीतम बहुत बेचैन है। उसके चेहरे पर अनेकों भाव आ-जा रहे हैं।)

थानसिंह : **(चरम उन्माद में)** अरे लाओ!...मुझे गन पकड़ाओ!...**(गार्ड्स आते हैं)**

प्रीतम : **(उछलकर वहाँ पहुँचता है)** नहीं! कोई गन नहीं पकड़ाना! सबको गोलियों से भूनकर रख देगा। आज बड़ा ख़तरनाक दौरा पड़ा है। **(गार्ड्स से)** हाथ-पैर जकड़ लो!...**(मीडिया टीम से)** आप लोग थोड़ा बचकर रहिएगा। थोड़ा दूर से कवरेज़ कीजिएगा। थोड़ा दूर से...!

थानसिंह : प्रीतम!...

प्रीतम : थानसिंह होश में आओ! ये न्यूज़ चैलन वाले हैं। क्यों ऐसी हरकत कर रहे हो!...देखो! डी.पी.जी का ख़याल करो। कल पूरा देश देखेगा। उनकी कितनी बदनामी होगी। उनका पॉलिटिकल कैरियर तबाह हो जाएगा।

थानसिंह : प्रीतम!...तुम इनको बताते क्यों नहीं? ये गीत मेरे नाम से तुमने लिखकर दिए हैं!...अरे लाओ...गन पकड़ाओ!

(डी.पी.जी का दो-तीन गार्ड्स के साथ हड़बड़ाते हुए प्रवेश)

डी.पी.जी : चलो! चलो! इसे भीतर ले जाओ!

(गार्डस थानसिंह को जकड़कर भीतर की ओर जाने लगते हैं। डी.पी.जी भी उनके पीछे जाने लगते हैं।) (कैमरामैन थानसिंह के पीछे थोड़ी दूर तक कैमरा फॉलो कराता है।)

न्यूज़ चैनल : डी.पी. जी! आप रुकिए। हमें आपसे कुछ सवाल पूछने हैं।

(डी.पी. जी रुकते हैं। थानसिंह को ले जाते गार्डस भी ठिठक जाते हैं।)

प्रीतम : तुम लोग रुको नहीं! इसे जल्दी भीतर ले जाओ!

थानसिंह : अरे मुझे गन पकड़ाओ!...

(गार्ड्स थानसिंह को ले जाते हैं। थानसिंह ''गन पकड़ाओ, गन पकड़ाओ'' चिल्लाता रहता है। थोड़ी देर में उसकी आवाज़ विलीन हो जाती है।)

न्यूज़ चैनल : डी.पी.जी! आप देश के सबसे प्रतिष्ठित सांसद हैं। आपका नाम गाँधी जी, डॉ. राजेंद्रप्रसाद, लाल बहादुर शास्त्री, बाबा आम्टे, अन्ना हज़ारे जैसे महान राजनेताओं और समाज सेवकों की परंपरा में गिना जाता है। ये बताइए कि ऐसा पागल, ऐसा सनकी आदमी कब से आपकी सिक्योरिटी सर्विस में है?

डी.पी.जी : देखिए ये आदमी अपने काम में योग्य है, लॉयल है। दौरा तो इसे किसी बचपन की बीमारी की वजह से...

प्रिंट मीडिया : आपको ये बात कब मालूम हुई?

डी.पी.जी : पहले से मालूम थी। इनके यहाँ से हमारी ख़ानदानी मित्रता रही है।

प्रिंट मीडिया : और आपने मित्रता निभाने के लिए, ये जानते हुए भी कि उसे ऐसा पागलपन का दौरा पड़ता है, उसे सिक्योरिटी जैसी अहम सर्विस में लगा दिया।

न्यूज़ चैनल : क्या सिक्योरिटी सर्विस में ऐसे पागल आदमी अधिक योग्य साबित होते हैं?

डी.पी.जी : देखिए! आज तक इसने ऐसा कोई काम...

न्यूज़ चैनल : लेकिन इसकी बीमारी ऐसी है कि ये कभी भी कुछ भी कर सकता है।

प्रिंट मीडिया : अच्छा छोड़िए। ये बताइए! ये दौरा कैसे शांत होता है? इसका कोई इलाज चलता है?

डी.पी.जी : इलाज तो इसका कोई है ही नहीं! हाँ! कुछ देर हवा में गोलियाँ चलाता है तो दौरा शांत हो जाता है।

प्रिंट मीडिया : इसको कब तक आप ड्यूटी पर रखवाए रहेंगे? मतलब कब हटाएँगे?

डी.पी.जी : मैंने कहा ना! अभी तक तो ऐसा कुछ हुआ ही नहीं जिसके आधार पर...

न्यूज़ चैनल : मतलब कुछ हो-हवा जाएगा तब हटाएँगे?

प्रिंट मीडिया : अच्छा छोड़िए! ये बताइए, चोरी किए हुए गीतों की पुस्तक इसके नाम से छपवाकर, उसकी सीडी बनवाकर आप क्या साबित करना चाहते थे?

डी.पी.जी : मुझे तो मालूम ही नहीं था ये चोरी के गीत हैं!

न्यूज़ चैनल : ठीक है लेकिन एक ऐसे आदमी को जिसे गोली चलाने का दौरा पड़ता है, उसको कवि और गीतकार घोषित कराकर आप राष्ट्र को क्या संदेश देना चाहते हैं?

न्यूज़ चैनल : बताइए-बताइए! पूरा देश आपका जवाब सुनना चाहेगा!

डी.पी.जी : मैं क्या बता सकता हूँ। इट्स टोटली ए फैमिली मैटर नथिंग पॉलिटिकल ऑर रिलेटेड विद नेशन! मेरी बच्ची का जन्मदिन

था। ये साहित्य-संगीत की प्रेमी है। मैंने इस आदमी के साथ इसकी शादी तय कर रखी है। तो शादी से पहले ही दोनों के बीच भावनात्मक जुड़ाव मज़बूत हो, इसके लिए उसकी तरफ़ से इसके जन्मदिन पर गीतों का ये प्रेजेंटेशन अच्छा लग रहा था। दैट्स ऑल!

प्रिंट मीडिया : मतलब आप न केवल राष्ट्रीय और सामाजिक स्तर पर बल्कि पारिवारिक स्तर पर भी ऐसा मूर्खतापूर्ण रिस्क उठा रहे हैं। अपनी बेटी की शादी एक ख़तरनाक पागल से करा रहे हैं।

न्यूज़ चैनल : इस बात को रहने देते हैं। ये तो इनका व्यक्तिगत मामला है। ये बताइए इस अजीब से घरेलू आयोजन में आपने मीडिया को क्यों बुलाया?

डी.पी.जी : मैंने कहाँ बुलवाया भई! मैं नहीं जानता! आप क्यों आए! कैसे आए!

प्रिंट मीडिया : क्यों? एक हफ़्ता पहले आपके लेटरहैड पर आपके सिग्नेचर से सारे प्रिंट मीडिया और न्यूज़ चैनलों को इसका इन्विटेशन भेजा गया है।

डी.पी.जी : अच्छा! क्या लिखा था उसमें?

प्रिंट मीडिया : उसमें लिखा है **(इन्विटेशन निकालकर)**...सेवा में सच एंड सच. ..महोदय, हर्ष का विषय है कि हमारे कर्मठ कार्यकर्त्ता देश के विकास के लिए न केवल किसानों और मज़दूरों के साथ कंधे से कंधा मिलाकर पसीना बहाते हैं, बल्कि साहित्य संगीत और...संस्कृति के क्षेत्र में भी उत्कृष्ट योगदान देकर देश की अनुपम सेवा कर रहे हैं। जो देश के हर नागरिक और हर राजनैतिक कार्यकर्ता के लिए एक प्रेरणा है।

अतः ये...ये...ये...और ये...ये...ये...कृपया इसे राष्ट्रहित में कवरेज़ देने की कृपा करें।

ये देखिए! **(पत्र पकड़ा देता है)**

डी.पी.जी : मैंने नहीं लिखा ये लेटर! मैं जानता हूँ ना! पागल क्या गीत लिखेगा इस आयोजन के लिए मैंने इसलिए भी हामी भरी कि चलो इस बहाने ये इंसान बनने के लिए प्रेरित होगा।

पर ये कितना धूर्त निकला!...प्रीतम बेटा! इसने मुझे कहीं का नहीं छोड़ा!...मैं शालिनी की शादी इससे नहीं करूँगा बेटा!...क्या करूँ बालम तो पता नहीं कहाँ खो गया!...कितना योग्य लड़का था!...सो अब मैं तुम्हारे साथ शालिनी की शादी करूँगा! देखो बेटा! ना मत करना। मेरी इज़्ज़त रख लेना। अब तुम्हारा ही सहारा है। मेरे ऊपर तो कल सवेरे से पूरा देश थू-थू करने लगेगा। चौबीस घंटे में चौबीस बार पच्चीस चैनल हमारे घर की इज़्ज़त उछालेंगे!

प्रिंट मीडिया : लेकिन आप अभी किस बालम का ज़िक्र कर रहे थे?

डी.पी.जी : मेरा प्रोजेक्ट मैनेजर था ना बालमदीन!

प्रिंट मीडिया : क्यों? उनके बारे में तो कुछ दिनों पहले ख़बर छपी थी कि वे पॉलिटिकल मैनेजमेंट की एडवांस ट्रेनिंग लेने अमेरिका भेजे गए हैं आपके द्वारा!

डी.पी.जी : नहीं! नहीं! ये झूठी ख़बर थी।

न्यूज़ चैनल : सही ख़बर क्या थी?

शालिनी : उसको किडनैप कराया गया था! थानसिंह ने किडनैप कराया था उसको! मुझे डरा-धमकाकर चुप रखा गया है अभी तक!

डी.पी.जी : लेकिन अब कुछ छुपा न रहेगा बेटी! मैं सब कुछ अपने सिर पर ले लूँगा और जेल चला जाऊँगा! प्रीतम तुम्हें सारी मुसीबतों से बचाकर रखेगा!

प्रीतम : पिताजी! आपकी आज्ञा सिर आँखों पर! मैं ख़ुद शालिनी जी की पूजा करता हूँ। इनसे विवाह होना तो कई जन्मों के पुण्यों का फल होगा। **(जूली यह सुनकर स्तब्ध हो जाती है।)**

शालिनी : लेकिन मेरे लिए कई जन्मों का नरक हो जाएगा!

प्रीतम : ऐसा न कहो शालिनी! ऐसा न कहो। मैंने प्यार में तुम्हारी पूजा ही की है। मगर मन में तुम्हारी बेरुख़ी से घुटता ही रहा हूँ। तुमसे नज़र मिलाने के लिए आत्मा गवाही न देती थी। इस डर से कि कहीं मेरी नज़र से तुम मैली न हो जाओ। लेकिन मन में उम्मीद की एक लौ लगातार जल रही है!

लगातार! आख़िर कभी न कभी तो हाँ कहोगी। कभी न कभी तो पिघलोगी हिमालय की बर्फ़ की तरह! और गंगा बनकर बहोगी, मेरे प्रेम मंदिर की सीढ़ियों पर टकराओगी। मुझे नहलाकर धन्य कर दोगी! **(जूली के भीतर प्रतिकार की चिनगारी फूटने लगती है)**

डी.पी.जी : वाह बेटा! धन्य हो तुम पहले से ही धन्य हो! आजकल ऐसी सोच वाले लड़के कहाँ मिलते हैं!

(जूली व्यथित होकर उठने को उद्यत होती है। उसकी मित्र न्यूज़ चैनल रिपोर्टर उसे खींचकर बिठाती है)

शालिनी : पापा! ये भी थानसिंह की तरह धूर्त है!

प्रीतम : सब प्यार करने वाले थानसिंह नहीं होते। और थानसिंह जैसे लोग प्यार नहीं किया करते!...कोई बात नहीं! अभी तुम्हारा मन तैयार नहीं तो मैं इंतज़ार कर लूँगा।

शालिनी : मक्कार धोखेबाज़! ऐसी लफ़्फ़ाजी कर तूने भोली-भाली जूली को भी अपने जाल में फँसाया है। वो बेचारी तुझे दुनिया का महानतम प्रेमी मानकर तेरे इंतज़ार में घुली जा रही होगी।

प्रीतम : ज़िंदा होती तो घुल रही होती। जूली तो कभी की मर गई। लेकिन भगवान ने मेरी सुन ली, मुझे तुम्हीं में जूली दिखाई पड़ती है।

शालिनी : लेकिन मैं तुम्हारे भीतर बालम को नहीं देखती। गीदड़ को देखती हूँ। मैं बालम के अलावा किसी और की कल्पना भी नहीं कर सकती!

प्रीतम : हाँ! बालू भी अब कल्पना की ही बात रह गया शालू! थानसिंह ने तो उसे कब का ठिकाने से लगा दिया।

शालिनी : नहीं! बालू अभी ज़िंदा है। पूरे ऐशो आराम के साथ शान के साथ ज़िंदा है। सरपट और मैं लगातार उसके टच में हैं। अरे ईडियट! अगर वो ज़िंदा न होता तो उसके माँ-बाप तूफ़ान उठा देते! तुम और थानसिंह उस तूफ़ान में तिनकों की तरह उड़ जाते!

प्रीतम : तो क्या! बालमदीन ज़िंदा है!!

न्यूज़ चैनल : और आपकी जूली भी ज़िंदा है प्रीतमपाल! ये देखिए! इतनी देर से आपका चिट्ठा तैयार करने में लगी हुई है।

(जूली अपना स्कार्फ, कैप और चश्मा हटाती है। सामने लटकते बालों को पीछे करती है)

(प्रीतम उसे देखकर हक्का-बक्का रह जाता है)

डी.पी.जी : ये क्या हो रहा है भगवान! मेरे घर में चंद्रकांता सीरियल बन रहा है क्या!!

(तभी बाहर एक जीप के रुकने की आवाज़ आती है)

डी.पी.जी. : देखो भाई! सिंगर और म्यूजिशियन आ गए लगता है।

सरपट : नहीं कोई नहीं आएगा। मैंने उनको फ़ोन करके मना कर दिया है। इन्विटेशन भी कहीं नहीं बाँटे गए हैं। प्रीतम भैया समझ रहे हैं कि ये ऑपरेशन वो चला रहे हैं, तभी तो धोखा खा गए। ये ऑपरेशन मैं चला रहा हूँ!

ऑपरेशन "दिल्ली-6" क्यों प्रीतम भैया!

(बाबावेश में पाँच लोगों का प्रवेश)

बाबा एक : जय भोले नाथ!

बाक़ी बाबा : जय भोले नाथ!

सभी लोग : जय भोले नाथ!

(कैमरामैन कैमरा इनकी तरफ़ घुमा देता है।)

(जब से कैमरा ऑन हुआ है, कैमरामैन तब से लगातार पूरे धैर्य, गंभीरता और शांति के साथ एक-एक गतिविधि का इस तरह कवरेज कर रहा है, जैसे वो कोई रिसर्च कर रहा हो।)

बाबा एक : (मुख्य बाबा–) **(सभी लोगों द्वारा जय भोलेनाथ बोलने के बाद)** जो लोग अन्य धर्मों के हैं वे अपने-अपने विश्वास के अनुसार नाम ले लें! अल्लाह! गॉड! आमीन! सत श्री अकाल!. ..ईश्वर के जितने नाम हो सकते हैं!

डी.पी.जी : बाबा आप लोग कहाँ से आए हैं?

मुख्य बाबा : सहारनपुर में पहाड़ियों की गोद में माँ शाकुंभरी का मंदिर है। जिस जंगल के आध्यात्मिक वातावरण में ये मंदिर है हम उसी जंगल से आए हैं। हम लोग संगीतमार्गी संत हैं। भ्रमण

करते हैं। इधर से जा रहे थे सुना आपके यहाँ एक गीतों की पुस्तक का विमोचन और गायन का आयोजन है।

डी.पी.जी : आयोजन को तो ग्रहण लग गया। उसका विसर्जन हो गया।

मुख्य बाबा : ओ हो! ऐसा शुभ कार्य और ऐसी दुखद घटना! ऐसा नहीं होना चाहिए। चलिए मैं ही सुना देता हूँ उन गीतों में से एक सुंदर रचना!

(बाबा लोग ऐसे भाव जगत में जाते हैं जैसे सूफ़ी लोग निर्गुण गाने वाले हों!)

मुख्य बाबा : बाल अरुण की दिव्य अरुणिमा
प्राची का श्रृंगार हो तुम
मेरा ही अवतार हो तुम
मेरा ही अवतार हो तुम!!

शेष बाबा : मेरा ही अवतार हो तुम!

मुख्य बाबा : जीवन के निर्जन मरुथल में
नीर खोजतीं मेरी आँखें
प्राणदान दिया जिसने वो
प्रेमामृत की धार हो तुम!!

शेष बाबा : प्रेमामृत की धार हो तुम!

मुख्य बाबा : मेरा ही अवतार हो तुम!

शेष बाबा : मेरा ही अवतार हो तुम!

मुख्य बाबा : शब्द तुम्हीं और अर्थ तुम्हीं हो!
स्वर तुम्हीं और छन्द तुम्हीं हो
भावना से गीत-सृजन की
प्रेरणा का आधार हो तुम

शेष बाबा : प्रेरणा का आधार हो तुम

मुख्य बाबा : मेरा ही अवतार हो तुम

शेष बाबा : मेरा ही अवतार हो तुम

मुख्य बाबा : सामवेद के दिव्य सुरों में
मुखरित होते प्रणव के गीत
चिरानंद में निमग्न मेरे

ब्रह्म का अभिसार हो तुम

शेष बाबा : ब्रह्म का अभिसार हो तुम

मुख्य बाबा : मेरा ही अवतार हो तुम

शेष बाबा : मेरा ही अवतार हो तुम

पाँचों : मेरा ही अवतार हो तुम

(दृश्य में उपस्थित सभी लोग मंत्रमुग्ध हो जाते हैं। शालिनी, सरपट .ख़ुशी से उद्वेलित हो उठते हैं। जूली प्रेम की महानता के गीत को सुन अपने साथ हुए छलावे के दुख से रोने लगती है। उसकी मित्र न्यूज़ चैनल रिपोर्टस उसे शांत करने की कोशिश करती है।)

(शालिनी और सरपट कुछ क़दम बाबाओं की ओर बढ़ते हैं। सरपट रुक जाता है और शालिनी बाँहें फैलाए हर्षातिरेक से मुख्य बाबा (बालम) की ओर बढ़ती है। बालम भी धीरे-धीरे उठता है। बाँहें फैलाता है।)

शालिनी : **(बालम के पास पहुँचकर)** बालम!

बालम : शालिनी!

प्रीतम : **(बाँह फैलाकर तेज़ी से जूली की ओर बढ़ते हुए)** जूली!

(जूली उठकर बाँह फैलाते हुए प्रीतम की ओर बढ़ती है। और पास पहुँचकर उसे थप्पड़ मार देती है।)

(कैमरामैन कैमरा शिफ्ट कर इनके क़रीब लाता है।)

प्रीतम : मुझे क्यों मारती हो? मुझे क्या पता था कि तुम ज़िंदा हो?

जूली : तुमने ये कैसे पता लगा लिया कि मैं मर गई हूँ?

कैमरामैन : मैडम प्लीज़! वो थप्पड़ वाला शॉट फिर से दे दीजिएगा। फ्रेम आउट हो गया था।

प्रीतम : **(चीखकर)** नहीं! ये क्या मज़ाक है! ये कोई फिल्म की शूटिंग है?

कैमरामैन : भाई साहब! फिल्म की शूटिंग होती तो कोई बात नहीं थी। शॉट को एडीटिंग में रिपीट कर लेते। ये तो ज़िंदगी की शूटिंग है। ज़िंदगी को एडीटिंग टेबिल पर कौन ले जा सकता है।—शुकर है कि एक ही रिटेक ले रहा हूँ। आपके कैरेक्टर

के लिए तो हज़ारों थप्पड़ों की ज़रूरत है!

प्रीतम : **(पश्चात्ताप के करुण उन्माद में)** हाँ! हाँ! हाँ! हज़ारों थप्पड़ों की ज़रूरत है। सब लोग मुझे मारो! हज़ार-हज़ार थप्पड़ मारो! बालम! तुम क्या सज़ा सोच रहे हो मेरे लिए? कुछ भी करो! मेरी ऐसी हालत करना कि दुनिया में फिर कोई आदमी ऐसी दग़ाबाज़ी की कल्पना भी न कर पाय!

डी.पी.जी : **(बहुत भावुक होकर)** मेरे लिए भी कोई सज़ा सोच लो बेटा! कोई सज़ा सोच लो मेरे लिए!

(बालम के क़दमों पर गिरने लगता है)

बालम : सर प्लीज़! ऐसा मत करिए! **(उठाने की कोशिश करता है। बालम के साथी भी डी.पी.जी को उठाने में मदद करते हैं।)** जो कुछ हुआ उसे सब लोग भूल जाइए। जहाँ से भटके थे वहीं से सही रास्ते पर आ जाइए!

(तभी ताबड़तोड़ गोलियाँ चलने की आवाज़ आती है। सब सशंकित हो उठते हैं।)

(थानसिंह उलटा चलता हुआ दोनों हाथ से गन तानकर गार्ड्स को अपनी तरफ़ आने से रोकता है)

थानसिंह : वहीं रुके रहो! नहीं तो मैं डी.पी.जी को गोली मार दूँगा! **(गार्ड्स वहीं रुक जाते हैं। थानसिंह मीडिया टीम की ओर घूम जाता है) (उसी तरह गन ताने कैमरे की ओर बढ़ता है।)**

थानसिंह : कैमरा चल रहा है कि नहीं?

कैमरामैन : चल रहा है! चल रहा है!...एक्शन!

(थानसिंह एक्शन सुनते ही दोनों गन नीचे रखता है)

थानसिंह : मैं लोकतंत्र के प्रहरी मीडिया के सामने आत्मसमर्पण करता हूँ। कहते हैं दर्द हद से बढ़ जाय तो दवा हो जाता है। ठीक वैसे ही आज मेरे आतंकी पागलपन का दौरा हद से बढ़कर मुझे हैवान से इंसान बना गया।...**(प्रीतम की ओर मुड़कर)** प्रीतम! मेरा पागलपन तो बाहर निकल जाता था! लेकिन तुम्हारी धूर्तता, तुम्हारी कपटलीला! सब भीतर ही घुमड़ती रहती थी। बाहर निकाल दो इसे। उगल डालो अपने बारे

में सब कुछ! नहीं तो कुछ ही दिनों में ये कैंसर बनकर तुम्हारी जान ले लेगा।

प्रीतम : मैं सब उगल चुका हूँ! तुमसे पहले!

थानसिंह : **(बाबा वेशियों को देखकर)** आ हा! संत लोग पधारे हैं। प्रणाम! हमको आशीर्वाद दीजिए कि हम इंसान बने रहने में सफल हों!

(बालम और उसके साथी, अपनी विग और दाढ़ी हटाते हैं।)

थानसिंह : **(चौंककर असामान्य सा हो जाता है)** बालमदीन! आप कहाँ से आए!

बालम : लौट आए! अमेरिका से पॉलिटिकल मैनेजमेंट की एडवांस ट्रेनिंग पूरी करके! साथ में चार और लोगों को ले आए।

थानसिंह : लेकिन ये बाबाओं का वेश क्यों धारण किया?

बालम : ये तो उस ट्रेनिंग सेंटर की यूनीफॉर्म है, जहाँ हम ट्रेनिंग ले रहे थे।

डी.पी.जी : अब मेरा सपना साकार हो जाएगा! आदर्श राजनीति और सम्पन्न देश का सपना। ऐसे संत और माडर्न नॉलेज वाले नौजवान देश चलाएँगे!

कैमरामैन : अच्छा! अब आप लोग एक ग्रुप फोटो दे दीजिए। उसी हिसाब से एसेंबल होइएगा, जिस हिसाब से आपका रिलेशनशिप है।

(संगीत बजता है बालम और शालिनी एक-दूसरे को देखते हुए बढ़ते हैं और क़रीब आ जाते हैं।)

(बाबा लोग उनसे कुछ दूर पीछे खड़े हो जाते हैं।)

(डी.पी.जी ठीक सेंटर में आगे कुर्सी रखकर बैठते हैं। उनके दाएँ-पीछे थानसिंह शैडो की तरह खड़ा हो जाता है। गार्डस मंच के दोनों कोनों पर बराबर-बराबर बँटकर खड़े हो जाते हैं।) (प्रीतम और जूली अलग-अलग कोनों की सिर झुकाए खड़े हैं)

कैमरामैन : आप लोग क्यों नहीं आ रहे हैं भाई?

सरपट : बढ़ते क्यों नहीं टाइम बर्बाद हो रहा है!

(प्रीतम और जूली झिझकते-खिसकते आगे बढ़ते हैं। एक-दूसरे

दिल्ली-6 के एक दृश्य में भूपेश जोशी (प्रीतमपाल)

दिल्ली-6 का एक दृश्य

दिल्ली-6 के एक दृश्य में 'सभी रंगमंडल कलाकार'

दिल्ली-6 के एक दृश्य में भूपेश जोशी (प्रीतमपाल) एवं सोनू रौंझिया (थान सिंह)